A

アンペア

篠原勝之

小学館

A
アンペア

目次

装画・挿絵　篠原勝之
ブックデザイン　鈴木康彦

1 アンペア　ダダン

埠頭《ふとう》の造船所を見下ろす高台の中腹に、二階建ての古びた家がある。材木を買い求めてはジイチャンが、コツコツと自分で建て増ししてきた家は、地面から生えて大きくなってきた生き物みたいだ。今でも成長しているように見える。

母さんが死んでから、僕《ぼく》はズーッとこの家でジイチャンバアチャンと三人で暮らしている。東側の壁面《へきめん》に、古材《こざい》を組み合わせ少し錆《さ》びたトタン屋根を載《の》せ寄りかかる格好のボロ小屋は、物置になっている。でも、どう見たってこの物置は、ジイチャンが作った母屋《おもや》とは不釣《ふつ》り合《あ》いだと思っていた。

「ジイサンとここに来た頃《ころ》は……この辺りは草ボーボーで、そっちこっちに低い灌木《かんぼく》が生えていて、家なんてほとんどなかったんだよ」

遠い目で喋《しゃべ》るバアチャンのムカシ話は何度も聞いていて、もう覚えてしまっている。

僕《ぼく》は岩浅《いわさ》弾《はずむ》。この春休みが終わったら六年生の新学期が始まる。本当は「はずむ」と読むんだけど、クラスのみんなや、近所の子どもたちは「ダダン」と呼んでいる。

僕はヒトと話す時、舌の筋肉が思うように動かないばかりか、緊張《きんちょう》する質《たち》で、いつまで経《た》っても上手《うま》く喋ることができない。そればかりか、特に［た行］を喋る時が大変なコトになってしまう。たとえば自分のあだ名の「ダン」を言うと、

「ダダダダ、ダダダン」

機関銃《きかんじゅう》を撃《う》ったように暴走してしまう。僕のあだ名の「ダダン」はここからきているのだ。

学校での勉強にはいまいち集中できず、だからといって運動や遊戯《ゆうぎ》の時だって、頭の中と身体《からだ》がバラバラになってしまう。

「大丈夫《だいじょうぶ》だ。小っちゃい頃《ころ》から比べりゃ相当よくなってるし、それにその喋り方がお前の特徴《とくちょう》なんだから。気にするこたぁないよ」

とバアチャンはいつも気休めを言ってくれる。でもまだまだなのは僕自身が一番知

っているんだ。

自分の中で考える時は少しもつっかえないんだけど……他人の前だと舌や口の端《はし》も細かくけいれんすることさえある。言葉が上手く出ないのは、きっと自分でブレーキを掛《か》けているからだ。もう今は、バアチャンが言う通り、この喋り方が僕なんだと思っているからどーってことはないんだけど。

「コウは子どもの時から生き物が好きで、蛇《へび》でも、バッタでも、クワガタでも捕《つか》まえてきたよ。いつまでも掌《てのひら》に載《の》せて眺《なが》めていたり、絵日記を描《か》いたりして、翌日には捕まえた場所へ戻《もど》しに行くような子どもだったんだ」

いつもは初めて聞くようにうなずいて聞いていたけど、父さんが子どもだった頃の話は初めてだった。

「ほらっ、そこの物置だってコウが高校生の時に、自分一人で作ったんだよ」

「とと父さんがぁ……ここ高校生の時にぃ。えええーっ」

僕はたまげて大声で繰《く》り返《かえ》した。真っ黒に日焼けした父さんにも、子どもの頃があったことが不思議な感じがしたのだ。

ジイチャンバアチャンの子どもが、岩浅耕《いわさこう》。僕《ぼく》の父さんだ。父さんが四十歳《さい》を過ぎてから僕が生まれたらしい。

父さんの自転車や白菜の漬《つ》け物樽《ものだる》や使わなくなったガラクタを入れた箱類が詰《つ》め込《こ》んであるあの物置を、父さんが高校生の時に作ったというのだ。この物置のことは初耳だった。

「どどうして」

「コウが牛を飼っていたんだよ」

バアチャンがあっさり言う割りには、僕の頭の中は大混乱になった。

「とと父さんがどどどどうして牛なんか……」

あの物置に牛が棲《す》んでいたとはとても想像もつかない。でもそう言われてみると、セイタカアワダチソウに取り囲まれている物置には、そんな雰囲気《ふんいき》が確かに残っている。

そして物置の入り口は、内側が凹《へこ》んだ柱二本が対称形《たいしょうけい》に向き合っている。小学校に入る頃《ころ》は僕の頭と同じ高さだったけど、最近はちょうど僕の肩《かた》辺りになっている。

父さんが物置で牛を飼っていたことは初耳だったけど、その牛が通るたびにこすれて、磨《す》り減《へ》りながら磨《みが》かれたから、そこだけ黒光りしたのだろう。そうとも知らずに、これを発見してからの僕は、落《お》ち込《こ》んだりした時、ここへ来てこの凹みに掌《てのひら》を当てるようになった。

黒光りをゆっくりとこすって『ダダンダダンダダン……』と心の中で唱えているうちに柱は熱くなり、僕の気分は落ち着いてくるのだった。ひっそりと「ダダン柱《ばしら》」と名付けて僕の護《まも》り柱《ばしら》にしていたのだ。

僕は大きな牛や、吠《ほ》える犬が大の苦手だ。嫌《きら》いと言うより怖《こわ》くて近づけないのだ。よりによって僕のダダン柱を牛が作っただなんて、ビックリするばかりだ。たとえ苦手な牛が何万回そこを通った証《あかし》だとしても、僕が感じる不思議な力には変わりないと思う。

本当に動物好きだったらしい父さんは、農業高校に入学して、ときどき高台のテッペンにある「カゼノサト牧場村」という、いくつかの牛舎が集まった牧場でアルバイトをしていたという。もともとすごく真面目《まじめ》なヒトだったんだ。

初めて立ち会った雌牛《めうし》の出産は発育不良で売りに出せない仔牛《こうし》だった。父さんはその牛をどうしても自分の手で世話したくなって、小屋も自分で作り、毎朝、学校へ行く前に牛が食べる草を刈《か》りに行く決心をもって、ジイチャンに相談したのだという。「丈夫《じょうぶ》な牛にしてみせる」と誓《ちか》った父さんは、半年だけの約束で小屋を作って仔牛を世話し始めたのだ。父さんは酪農《らくのう》や牛の飼育の本を読み、カゼノサト牧場村のヒトたちにも相談して立派な雄牛《おうし》に育てたらしい。犬や猫《ねこ》を飼うというのはよくあることだけど、牛をペットに飼うとは、父さんの動物好きも筋金入りだと思う。

約束通り元気になった牛は牧場に返したけど、父さんはその頃《ころ》から牧場をやる計画を着々と進めていたという。大学で酪農の勉強をした父さんは、カゼノサト牧場村の片隅《かたすみ》で二頭の牛を飼い始めた。

僕《ぼく》の中には、日に焼けて岩肌《いわはだ》みたいになった首筋越《ご》しに見た揺《ゆ》れる景色や、干《ほ》し藁《わら》みたいな背中の匂《にお》いや、心細い体温がくっきりと刻まれていることに気付くことがある。一人っ子の僕は小さい時からジイチャンやバアチャンに負ぶわれて、大きくなってきたせいだ。

小学校に行くようになり、よく覚えているのは、這《は》い出《だ》す虫を見付けるために庭の小石をひっくり返したこと。その時に石の下から匂う土の匂いに夢中になった。右往左往する虫を捕《つか》まえては間近で眺《なが》め、頭の口や触角《しょっかく》や複眼の形や色を調べ、そのまま元に放すだけだった。捕まえた虫を箱に閉《と》じ込《こ》めエサをやって中で死なせるコトには興味がなかった。

それから、バアチャンの洗濯機《せんたくき》や掃除機《そうじき》のスイッチに興味をもった。面白《おもしろ》がって見ているうちに使い方をバアチャンに教えてもらって、洗剤《せんざい》の量とかいくつかのスイッチやボタンの役目はすぐに覚えた。

洗濯槽《せんたくそう》に洗濯物を放《ほう》り込《こ》み洗剤を入れるだけ。厄介《やっかい》なことはすべて機械がやってくれる。終わったらシグナルが鳴って知らせてくれる便利なものだ。

でも僕は電気器具のバカ正直なスイッチ類にはすぐに飽《あ》きてしまった。すすぎが終わったらスイッチを止めて、脱水はせずに自分の手で絞《しぼ》る。洗濯物《せんたくもの》の端《はし》っこをつかんで一気に振《ふ》り下《お》ろし、手首のスナップで止める。教わったわけではないけど、バアチャンがやるのを見て覚えたのだった。

パンッ。

破裂《はれつ》した音が小気味よく決まった瞬間《しゅんかん》、洗濯物から飛び散った霧《きり》にお日様が当たって小さな虹《にじ》が現れた。でも生まれてはすぐに消えてしまう。物干しにクリップで留めた洗濯物の裾《すそ》を両手で叩《たた》いて伸《の》ばす。また次の虹を起こす。何度も虹を見るためのこの作業が好きだった。

隅《すみ》から隅まで全部を自分の手でやらなきゃならない茶碗《ちゃわん》の洗い物。気がつくと自分の部屋掃除《そうじ》はもちろんだけど、家じゅうの洗濯、食器洗いは僕《ぼく》がやるようになっていた。

晴れた日曜の朝、

「ハズム、布団《ふとん》を天日《てんぴ》に当てると気持ちいいぞ」

バアチャンが教えてくれた。ジイチャンとバアチャンの布団、僕の布団を天日に干すようになった。

「午後二時には取《と》り込《こ》めよぉ」

バアチャンは大声で言う。

「どうして二時なの」

聞こえないふりをしたバアチャンは何も答えなかった。

「どどどうして」

僕は食い下がったけど、

「布団干しはどうしても二時までなの」

バアチャンは言い切った。いつも優《やさ》しいバアチャンがこんな投げやりな言い方の時は、『そんなことは自分で考えろ』ってことだった。

きっと、せっかく温まった布団が冷たくなったり、湿気《しっけ》を吸わないうちに、陽射《ひざ》しが強い二時頃《ごろ》までに片付けろということなのだ。

僕はいつも二時きっかりに取り込んだ布団をたたんで、押《お》し入《い》れに片付けた。この仕事のちょっとした楽しみは、片付けた押し入れの布団に頭を深く突《つ》っ込《こ》むことだ。

お日様のフウワリとした熱の中で目を見開いて、そのままの格好でいた。遮断《しゃだん》された真《ま》っ暗闇《くらやみ》は、懐《なつ》かしいような気持ちよさで、いつの間にかうっかり眠《ねむ》ってしまったことさえある。

呼んだのに返事がなかった僕《ぼく》を探しにきたバアチャンが、押《お》し入《い》れの布団《ふとん》から垂れ下がっている僕の足を見付けた。

「何してるの」

思いっきり僕の尻《しり》を平手でひっぱたいた。気持ちのいいうたた寝《ね》から一気に引《ひ》き戻《もど》された。

バアチャンに教わった目玉焼きも、最近は両面を焼くためにフライパンを返すこともできるようになった。

「母さんも卵焼きは上手だったけど、これはハズムの勝ちだよ」

身体《からだ》の調子がいい時に母さんが作ってくれた卵焼きの甘《あま》さを覚えている。ホウレンソウを巻《ま》き込《こ》んだちょっと甘い黄色と緑色の組み合わせは、見るからにうまそうだった。

バアチャンは僕が発明した両面焼きにケチャップをかけて、箸《はし》で真ん中を裂《さ》いた。流れ出てきた黄身をケチャップと混ぜて一口食べた。

「あら、上手《じょうず》にできたじゃないの、美味《おい》しい」

皿ごとジイチャンの方に押し出《おだ》した。ジイチャンは箸で切り分けてご飯に載《の》せた。

「うめーなー、なんていう卵焼きだぁ」

ジイチャンは大げさな声で言った。

「両面焼き目玉だよ」

僕はちょっと照れくさくてそのままを言った。

「うまいぞ。またワシに作ってくれよ」

ジイチャンは満足そうに残りを掻《か》き込《こ》んだ。


二階にある角部屋の六畳間《じょうま》が僕の部屋だ。大きな窓が庭の西側に面してひとつあって、僕《ぼく》のベッドはこの窓にピッタリくっつけてあるから、起《お》き抜《ぬ》けの目に入ってくる庭木が一日の最初の景色になる。

庭の真ん中に向かってだんだん低くなっている樹木の葉っぱが、朝からときどき吹《ふ》き付《つ》ける強い風で渦《うず》巻《ま》いて見える。ベッドに胡座《あぐら》をかいてボンヤリ眺《なが》めていると、庭全体が大きな蟻《あり》ジゴクだ。

何だかうっとうしい絶不調の時は、この渦を目にしないように反対向きでベッドに潜《もぐ》り込《こ》む。それでも、朝には庭の力に引っ張られるように目を覚ましてしまう。

頭の中がどんより取り留めのない朝、僕は決まって空想を巡《めぐ》らせる。

普段《ふだん》はたどり着くことのない母さんのことは、この空想にはピッタリのテーマなんだ。春休みに入ってからも何度か試みたけど、母さんの面影《おもかげ》にはたどり着けない。

僕の目の前で母さんが死んでしまったのが四月一日。僕が五歳《さい》になった誕生日だった。しかもその出来事に立ち会ったのは僕一人だった。

黒い服を着た親戚《しんせき》のオジサンやオバサンたちが集まってきた。葬式《そうしき》もその後も、親戚や近所の人たちが代わる代わるに「どうだった」「悲しいだろう」「気持ち悪くなかったか」「大丈夫《だいじょうぶ》、ハズムは男の子だ」などと次々に話しかけてくれた。そのたびに僕は責め立てられているように感じていたんだ。

母さんは死んだというより、突然《とつぜん》、僕の前から消えてしまったという印象だ。寝る前に「お父さん、お母さん」と呼びかけ「おやすみなさい」の挨拶《あいさつ》をしてから、自分の部屋に戻《もど》って眠《ねむ》っていたことを覚えている。そんな場面を思い出しても、母さんの顔は全く思い出せない。

母さんの記憶《きおく》がそっくり消えてしまったんだから、もう母さんを懐《なつ》かしんだり、哀《かな》しんだりする気持ちもなくなってしまった。

バアチャンに開いたアルバムを見せられ「母さんはどこにいる?」と聞かれても、全く知らないオバサンの顔ばかりでしかない。

アルバムからヒラリと落ちたペシャンコの押《お》し花《ばな》を、バアチャンが摘《つま》んで見せてくれた。

「あー、これは母さんが庭の水仙《すいせん》をはさんでおいたんだねぇ」

黄色いそれは、バアチャンの指先でそのまま乾《かわ》いてしまった花に見えた。

そのうちに、母さんを思い出さないばかりか言葉さえ出なくなった。バアチャンに連れられて小学校の入学式に行く頃《ころ》になってやっと喋《しゃべ》るようになったけど、今度は少しつっかえてしまうようになっていた。

2 アンペア　トキオ

山のテッペンに五基の風車が並んでいる。

「地球ができてから風は休みなく吹《ふ》いているんだ。ダン、あのプロペラは風をアンペアに変えているんだぞ。化け物みたいなダイナモが入ってるんだよ、きっと」

トキオが教えてくれた風の回転は、懐《なつ》かしいほどゆったりとした速度だ。

最近トキオのリュックの中身が少し変わってきた。どういうワケだかいろいろな形のコンセントを集め出したのだ。ときどき新しく手に入れたのを出しては、

「これなんかカッコいいだろう、差《さ》し込《こ》みがいっぱいあってよー」

ただ七個ズラリと差し込み口が並んでいるのを自慢気《じまんげ》に見せてくれる。僕《ぼく》にはそれがどういいんだかさっぱり分からない。

「これはよー、一個ずつにカミナリよけのスイッチが付いてるんだ」

僕《ぼく》にはコンセントにいつ来るか分からないカミナリのためにスイッチを付けるワケが分からないまま、彼《かれ》の自慢《じまん》と説明はいつまでも続いた。差《さ》し込《こ》み口《ぐち》それぞれに小さな赤いスイッチが付いていて、中の配線が透《す》けて見えるプラスチック製のヤツは確かにきれいだった。

差し込み口がいっぱい付いてるコードの付け根に、スイッチがひとつ付いてるのもある。

テレビや炊飯器《すいはんき》や風呂《ふろ》などの電気器具は、本体のスイッチを切ってもまだ弱い電流が流れていると言うのだ。

「ススイッチは電気を切るためのモノだろ。どうしてスイッチを切っても電気が流れるんだ？　壊《こわ》れた蛇口《じゃぐち》みたいだな」

「お前ン家《ち》にもリモコンがあるだろう」

「うん、どれがどれだか分からないほど」

「離《はな》れた所からでも、スイッチを入れたり切ったりチャンネルを変えたりできるだろう。そのためだけにいつも電流が流れているんだよ」

「横着な電流だなぁ」

僕の感想にトキオの目玉がグルリと動いた。

「タイキデンリョクっていう無駄遣《むだづか》いさ。コンセントのこのスイッチを切れば無駄遣いを遮断《しゃだん》できるんだ」

トキオは、さすがに電器屋の息子《むすこ》だ。電気のことなら何だって知っている。

「この頃《ごろ》やたらと言われているだろう？　節電って。オレが言うのも変だけど、ユメノ電器は便利を売りつけて、節電も売るんだぞ」

トキオの電気自慢は横着な待機電力におよんで、

「電気は送電線の中を遠くから走ってくるんだ」

遠い風のプロペラに目をやった。

街路樹を根こそぎ倒《たお》す台風や、首筋を撫《な》でていく分かりやすい風もあるけど、夕凪《ゆうなぎ》ですべての葉っぱがピタリと止まった時でさえ、庭の一枚の葉っぱだけをクルクル回す姿の見えない風を、僕は知っている。

「見えないけど確かに在るモノってあるんだよなぁ」

トキオが呟《つぶや》いた。


トキオは「ゼッコー」のカンシャクを起こすことがある。でもカンシャクが過ぎ去ると「ゼッコー」もどこへ飛び去ったのか、いつものトキオに戻《もど》るのも知っている。だから僕《ぼく》はただボンヤリとその時を待つ。

トキオは小学校に行くズーッと前からのただ一人の親友だ。

夢埜《ゆめの》電器の三人兄弟の末っ子で僕より二年上、今度、中学の二年生になる。近所では「ユメノさん」とさん付けで呼ばれ親しまれている電器屋で、看板には難しい漢字ではなく［ユメノ電器］と片仮名のところが差《さ》し込《こ》みのプラグ付きコードの絵になっている。

忙《いそが》しくなればトキオもユメノ電器の店名入りのキャップを被《かぶ》って、配線仕事の手伝いをさせられる。コードのビニルカバーを剥《は》がしてプラグのねじに接続した時、ショートして青い火花と上がる煙《けむり》に驚《おどろ》いたり、ウッカリ感電したりするうちに、電流のプラスやマイナスを知り、だんだん電気のことが好きになって、そのうえハンダ付けも上手《じょうず》になっていた。

トキオは倉庫から出てきた古い電気雑誌を愛読していた。大掃除《おおそうじ》の手伝いで見付けた巻頭綴《と》じ込《こ》みの五球スーパーラジオの配線図を、透明《とうめい》のビニルケースにはさんでいる。まるで宝を埋《う》めた場所の地図みたいに大切にしている。

通販のページで調べた値段を写し取り、休日になると電気中古街に通っては、古い真空管やコンデンサーをこつこつと集めていた。そればかりかユメノ電器が下取りで引き取って倉庫に積んであった古いラジオやテレビから、ハンダゴテを使って抵抗器《ていこうき》やコンデンサーを外し、テスターで抵抗値や断線をチェックしては、段ボール箱に区分けしていた。

配線図の記号や図を読み取っては小さな字や図を書き込む大学ノートが、いつも背負っているリュックの中に大切そうに入っていた。赤のマーカーで消したり書き加えたりの暗号だらけの大学ノートを見せてくれたけど、僕《ぼく》には地面の中を駆《か》け巡《めぐ》る植物の根っこか、色覚検査表を見てるようでクラクラした。そのノートに奇妙《きみょう》な絵が描《か》かれたページがあった。

トキオはデンキの事を何でも知っているけど絵は下手《へた》くそだった。ボールペンの途《と》切《ぎ》れ途切れの短い線で、ヒトの左手を描いた絵だ。まるで切り落とされた手首みたいだった。

「この手首は？」

聞いてみると、トキオは心外だとでも言いたげな顔でそのことには答えなかった。

「あ、分かったぞ。トキオは右利《みぎき》きだから、自分の左手を見ながら描いたんだね」

気を遣《つか》って言ったつもりだった。

「ダン、知らないのかぁ。フレミングの左手だよ、イギリスのエライ電気学者なんだぞ」

とムキになって言う。僕はもちろんそんなヒトを知るはずもない。その変わったジャンケンのチョキみたいな図柄《ずがら》には興味がわいていた。人差し指の指先からも、付け

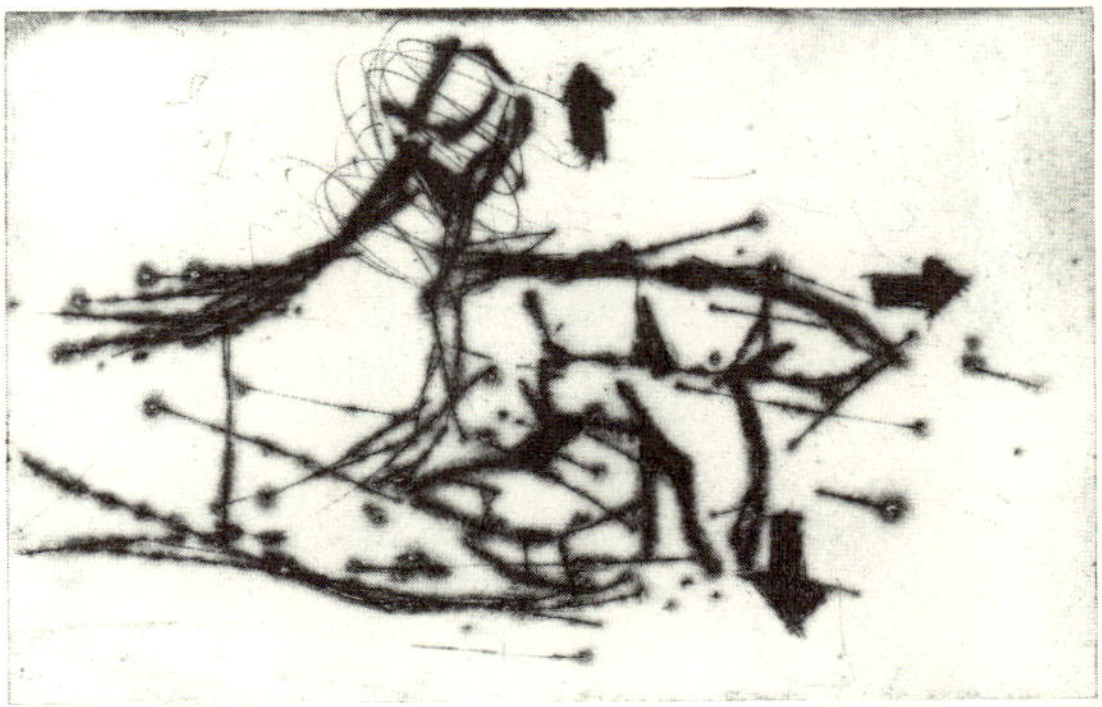

根から直角に曲がっている中指の先からも矢印が出ている。

「へーぇ、その人も僕《ぼく》と同じにギッチョなんだね」

「違《ちが》うよ。これはフレミングの左手の法則さ。お前のは単なるギッチョ、左利きとは大違いだよ。電気の磁場と力の方向と、電流、つまりアンペアを表しているんだ」

「アンペア……」

聞いたことはあるけど何だかさっぱり分からない。もう一本、垂直に立てた親指を取りまく渦巻《うずま》きが気になった。

「じゃあ、このクルクルは」

「それは……アンペアが作り出す力だよ」

「………」

ますます分からない。

「電気が流れるとその周りに力を振《ふ》りまくんだ」

「そんなもの見えないから、在るんだかどうだか分からないよなー」

しつこい僕の突《つ》っ込《こ》みにも、カンシャクを起こすこともなくいろいろ説明してくれた。でも何度聞いたところでチンプンカンプンだった。

「見えなくても確かに在るモノってあるだろ?」

あんまりにも分からない僕にトキオはちょっと面倒《めんどう》そうに言った。

「どうだ、ダン?」

突然《とつぜん》ですぐには思いつかない。

「うん、おお化けとか、かか可哀想《かわいそう》という気持ちとか…ココロ…蝿《はえ》の動き…とか…あっ、しし心臓も」

「まあな……」

取りあえず言ってみた。

クスッと笑っただけだった。

「ダンも見たことがあるだろう」

と言いながら、大量のスクラップ鉄をくっつける造船所のヤードで活躍《かつやく》する巨大な電磁石クレーンをたとえに、磁力の説明をしてくれた。

鎖《くさり》で吊《つる》された大きな鉄の円盤《えんばん》が近づくと、地面に横たわっていた鉄骨は一斉《いっせい》に立ち上がって、小さな鉄片《てっぺん》は宙を飛んで吸い寄せられる。砂鉄や粉々になった鉄が地面から舞《ま》い上《あ》がり踊《おど》り出《だ》す光景を思い出した。一トン近い鉄だって吸い付けることができる。確かにあの円形の電磁石の下には、見えない大きな力が働いているらしかった。

『確かに見えない力だ』

フレミングさんの不自然な左手の指差しに親近感がわいていた。

地味だけど昆虫《こんちゅう》のことや、花の名前のことは僕《ぼく》の方がだんぜん知っていた。空のことだって詳《くわ》しかった。特に雨雲を見つけると、風向きや雲が流れる速さでどれくらい後に降り出すのか予想できてしまう。

晴れた日曜日に裏山の東屋《あずまや》まで自転車で登っていった時だった。

「ご、ご、五分後には降り出すよ、トキオ」

僕の予測に、

「ダン、バカじゃないか。こんなに天気がイイのに雨って」

トキオは明るい空を眩《まぶ》しそうに歪《ゆが》めた顔で言った。

「や、ヤバイ。トキオ。カミナリも来るぞ。に、に、逃《に》げよう」

僕は真顔で言った。トキオはリュックから取り出したフライドポテトを一本摘《つま》んだ。

「ダン、お前バカじゃないか」

もう一回言って、ポテトをタバコみたいに指ではさんだ。

「トキオって、ポテトが似合うよなぁ」

からかったつもりだった。それなのに、

「ダンも喰《く》うか」

彼《かれ》はポテトを唇《くちびる》の端《はし》に咥《くわ》えタバコのようにして言った。

「オレ、油で揚《あ》げた芋《いも》が嫌《きら》いなんだ」

本当だった。僕は安っぽい油の味や臭《にお》いが嫌いだった。

「こんなうまいのに」

残り少ないフライドポテトの袋《ふくろ》を口に当てて、人差し指でとんとんと弾《はじ》いて口の中に滑《すべ》らせた。そんなトキオは『外国のバカみたいだ』と思った。でも口には出さなかった。僕《ぼく》の天才にそんなこと、言えるはずがない。

間もなくゴロゴロ空が鳴り出したものだから、彼《かれ》はレンズ目玉をグリグリさせてたまげた。

「おい。ダン、スゲーよ。お前、カミナリ呼べるんだ」

「そ、そんなことないけど、もともとこの大気中には自然の電気があるんだ。空の一か所を見つめるのでもなく、空全体にただボーッと目をやっていると、なんか読めるようになるんだよ」

僕らは両手で耳を塞《ふさ》いで、はるか海の上の真っ黒い雲の中から奔《はし》り出《だ》す光を見ていた。

ある日、トキオがとうとう、宝島の地図を完全に解読して五球スーパーラジオにたどり着いた。

スイッチを入れるとゆっくりと次々に真空管の中に小さな明かりが灯《とも》って、スピーカーからブーンという電気の音がした。

赤や白、黒のビニルでおおわれた無数のリード線が、新しい生き物の筋肉の血管や筋みたいだった。ダイヤルをゆっくり回す彼の顔が輝《かがや》いて見えた。

ピャーピーバリバリ……。

いろんなノイズがスピーカーから流れ出た。

彼は両手を添《そ》えて静かにダイヤルを微調整《びちょうせい》して回している。ピタリとノイズが消えて波打った女の声が聞こえた。

「外国の言葉で何言ってるのかさっぱり分からないね」

急に音楽になった。

「今、オレたちが吸ってる空気には、目に見えないけど世界から飛《と》び交《か》ってくる無数のお知らせが隙間《すきま》なく詰《つ》まっているんだよ」

「すすげー、すげー」

僕《ぼく》は叫《さけ》んだ。

こんな時のトキオは大人びた電気博士の顔になっていた。中学生になってから鼻の下のうぶ毛がほんのちょっぴり黒っぽくなったような気がする。

トキオは勉強が苦手で成績だけでなく運動も全くダメらしいけど、電気のコトやハンダ付けはすぐに覚えてしまうし、空中の目に見えない電波をとらえるラジオさえ作り上げてしまう。

ときどきカンシャクを起こして大嫌《だいきら》いなトキオになっても、やっぱり僕のヒーローだ。

トキオに教わって僕もハンダ付けをやってみたけど、鉛《なまり》がころころ転がるばかりで、鼻クソがズンズン重なったようになった。

「下手《へた》くそだなぁ、ダンは。ゴヅケになってるじゃねーか。ダンの団子付け、はっはっはー」

オジサン顔負けの面白《おもしろ》くないダジャレで冷やかす。

「コテの先で接続部分を温めてよぉ、冷める前に左手に摘《つま》んだハンダを差して溶《と》かし込《こ》むんだ」

トキオは僕の肩《かた》をポンと叩《たた》き、

「ほらっ、肩の力を抜《ぬ》いて、コテの先を指先みたいに集中するんだ」

からかいながら教えてくれた。

溶《と》けた鉛《なまり》は液体みたいに表面張力で小さな球体になった。ピカピカの鏡になった表面に僕らが小さく映《うつ》り込《こ》んだ。でも冷えて固まると、すぐに何も映らないねずみ色になってしまう不思議な金属だ。何度教わっても上手《うま》くいかない僕は、無数の鉛の球体を作業台の上に転がして眺《なが》めてる方が合っていた。

トキオの親父《おやじ》さんは、その熱心を学校の勉強にも振《ふ》り分《わ》けるといいんだけど……とため息まじりにもらしていた。でも、誰《だれ》が何と言おうと、トキオが大天才なのは僕が保証する。

A

3 アンペア

アンペア・メーター

いつか、ハズムも足が届くようになったらお前の専用にしていいよと、父さんがくれたお下がりの自転車を物置から出してボロ布で磨《みが》いていた。

「まだ今みたいに子ども用自転車なんてない頃《ころ》の子どもたちは、大人の自転車を乗りこなす三角乗りっていう方法を発明したらしいぞ」

トキオの受け売りを思い出した。でも彼《かれ》自身の身体《からだ》はもう三角乗りには大きくなり過ぎていた。僕《ぼく》はサドルに座《すわ》ったらペダルまで足がちょっと届かないから、まだ可能性はあった。

三角形のフレームに突《つ》っ込《こ》んだ足で、向こう側のペダルを踏《ふ》み込《こ》むことを想像していたら、なんだか僕にも三角乗りができそうな気がしてきた。

夕方、カスミ公園まで自転車を押《お》して行って練習した。公園内の滑《すべ》り台《だい》と水飲み場を8の字で繋《つな》ぐコースを、僕《ぼく》の練習場にした。

まず左足をペダルに載《の》せる。同時に体重を車体に預け少し右側に倒《たお》すのにちょっと勇気が必要だった。右足で数回地面を蹴《け》って自転車に勢いをつけると、三角フレームに足を突《つ》っ込《こ》んだところで、ハンドルがぐらついてそのまま滑り台に激突《げきとつ》した。

「おーっ、イテーッ」

ハンドルの力を抜《ぬ》いてもう一度。

今度は、ペダルの勢いがつかなくて自転車ごとその場にバタリ。

「あイタタタ」

下敷《したじ》きになった大人の自転車は、僕にとっては仔牛《こうし》ぐらいに感じた。

いつの間にか来ていたトキオが、滑り台の特等席に座《すわ》っているじゃないか。もっと右に倒せなどと大声で指示し始めた。あまり上手《うま》くいかない僕に焦《じ》れたのか、

「ダンの練習コースは8の字になっているだろう。あれは始まりも終わりもない無限を表す記号なんだ。だから一生そこを走ってろってことかなぁ」

囃《はや》し立《た》てた。あんまりうるさく言われるので癪《しゃく》に障《さわ》った。

「ムムゲンって何だよ」

意味が分からなくて聞き返した。

「限界が無いってことだよ、果てしないっていうか……」

「分かんないよ」

頭の中では分かっていても身体《からだ》は思い通りにはいかない。僕《ぼく》はまた一人で三角乗りの練習を続けた。滑《すべ》り台《だい》の階段にぶつかったり、何度もバランスを失って無様《ぶざま》に地面に叩《たた》きつけられながら、擦《す》り傷《きず》が絶えない練習だった。血がにじんだ脛《すね》や肘《ひじ》の擦り傷には土ぼこりがまぶされてすぐに固まっていく。バアチャンは家に戻《もど》った僕を見て、イジメにあっていると思ったらしい。

気を取りなおして左足を左のペダルに載《の》せて右足で地面を蹴《け》る。リズミカルに蹴っていると自転車に勢いがついてきた。素早《すばや》く三角フレームの向こう側へ突《つ》っ込《こ》んだその右足で、右側のペダルをピタリととらえた。車体の傾《かたむ》きを保ちながらペダルを踏《ふ》み込《こ》んだ。

右に曲がる時は慣れてきたけど、今度は左に曲がるのに苦労した。怖《こわ》くてどうしても肩《かた》に力が入りハンドルを握《にぎ》る手が固くなる。この三角乗りはペダルに足が届かないけど、身体が柔《やわ》らかい子どもの乗り方だ。フレームの三角形に足がすんなりと自由に入らないとできないのだ。

そして僕はついに伝説の三角乗りをマスターした。さっそくトキオと競走してみたけど、牛に張り付いたような格好の三角乗りではコテンパンに負けてしまった。

夏休み前までに僕の足が伸《の》びてペダルに届くように、毎朝牛乳を飲み干している。ペダルに足さえ届けば大人タイヤの径が大きい分、僕はトキオに勝てるかも知れない。

トキオとの待ち合わせ場所はいつもカスミ公園だ。

カスミ公園はトキオがセンセイで生徒は僕ただ一人の教室だ。トキオからいろんなコトを教わったり、遊びや悪戯《いたずら》を考える場所なんだ。

ちょっと遅《おく》れ気味だったから、三角乗りはハイピッチだった。逆三角のフレームを出入りする僕《ぼく》の足は、大きな黒い自転車を走らせるエンジンだ。

「ダーン、早く来いよぉダン、ダン、ダン」

公園の入り口に着くなり、すでに来ていたトキオは、もう待ちきれないというようにベルをけたたましく鳴らして節《ふし》を付けて急《せ》かしている。上機嫌《じょうきげん》のトキオの目の前を掠《かす》めるようにして後輪をスピンさせて止めた。

「はは早いね、トキオ」

「遅《おそ》いじゃねーか、ダン。せっかくお前のためにいいモノ作ってきてやったのによぉ」

彼《かれ》の前カゴに入っているコバルトブルーの弁当箱が目に入った。

「ト、トキオ、べ、弁当持ってどどこかに……」

遠視メガネの目玉を微笑《ほほえ》ませたトキオは僕を押《お》しとどめ、何の歌なのか分からない曲を口ずさみながらリュックの口を開け、道具箱を取り出した。

トキオのハンドルにはすでに黒と金色の紅茶缶《こうちゃかん》が取り付けてあり、その蓋《ふた》にはメーターの丸いガラスが嵌《はま》っていた。店の倉庫で古くなって売り物にならないメーターを解体したのだろう。道具箱から選び出した透明《とうめい》な赤い柄《え》のドライバーで、僕の自転車のハンドルを弄《いじ》り出《だ》した。一体、何をする気なのか。

「見えないモノが見えるようになるボックスだよ」

僕のハンドルにコーヒー缶を切って作ったブリキのベルトで、青い弁当箱をしっかりと取り付けた。

「そそ、それ弁当……」

「うるさいよ、心配すんな。ダン。これが約束のアンペア・メーターなんだ。昨日、夜中までかかって作ったんだぞ」

「えっえー、メーターって、そそれ弁当箱じゃないか」

空を切り取ったブロックみたいなコバルトブルー。僕の記《き》憶《おく》にはっきり残っている。トキオが保育園で使っていた弁当箱だ。僕は楕《だ》円《えん》形《けい》の蓋に描《か》いてある三匹《びき》のパンダの絵が羨《うらや》ましかったのを覚えていた。

真ん中のパンダの顔の部分が丸く刳《く》り抜《ぬ》かれ、メーターのガラスが嵌《はま》っている。

「トキオ、そそれ保育園の時の……」

僕《ぼく》は思わず指差した。

「何言ってるんだよ。知らないよ」

とぼけた顔できっぱり言った。

「これはちゃーんとしたアンペア・メーターだよ、弁当箱なんかじゃないぞー」

作業の手を休めないトキオ。

「ダイナモのリード線を通すこの渦巻《うずま》きをエナメル線で作るのにひと苦労したんだ」

トキオは弁当箱の話題から遠ざかるように自慢気《じまんげ》に言う。

「えーっ、その弁当箱、僕は気に入ってたよ」

僕の言うことが聞こえないふりをしたトキオは、自分の作ったアンペア・メーターをパンダの弁当箱と一緒《いっしょ》にされるのがイヤだったに違《ちが》いない。

「ダン、お前にも仕事をやるよ」

トキオが僕を振《ふ》り向《む》いて、

「後輪にダイナモが付いてるだろう。あのリード線をいったん外して、この渦巻きの中を通したらまた元通り繋《つな》いでおくんだ」

いつも店の手伝いで言われているようなことを、僕に言いつけてちょっと得意気だった。

「これだよね、分かった」

僕は言われた通りにしながら、トキオの電気ノートにあったフレミングの左手の親指を思《おも》い浮《う》かべていた。

「赤のマーカーペンで描《か》いてあった上に向かう渦巻《うずま》きが、このコイルなんだね」

「そうだよ、ダン。よく覚えていたなぁ」

「うん、ででも、それがどんな仕組みなんだか……分からないけどね、ちょちょ直感だよ、ぼ僕の」

後輪のダイナモからのリード線を通したコイルの両端《りょうはし》をメーターに繋いである。あの親指から飛び出すクルクルの役目も仕組みも分からないけど、僕がペダルをこぐ力をチェーンで伝え回転させた後輪で発電するらしい。

高台のテッペンで回っている風力発電所の大きなプロペラだって同じなんだと言う。回転に変えた風の力で、大きなダイナモの渦巻きが電気を起こしているんだ。

僕《ぼく》はペダルを手でゆっくり回してみた。パンダのアンペア・メーターの赤い針が震《ふる》え出《だ》した。電流の不思議な力は目には見えないけど確かに在るんだ、と言うトキオの説明に興味がわいてきた。

トキオはドライバーを使って僕のハンドルに細工をしている。

「ト、トキオ。ライト取っちまったら、ぼ僕、夜道を走る時はどうすりゃいいいいんだよ」

「夜は走らなきゃいいのさ。押《お》して歩くんだよ、へっへっへっ」

僕の方を見て、耳の後ろでずり落ちたメガネのツルを手で小刻みに上下させ、レンズで拡大された目玉を揺《ゆ》らせ戯《おど》けてみせる。

「ダダメダメッ」

僕は慌《あわ》てて止めた。

「大丈夫《だいじょうぶ》だって。コイルを通すためにライトの位置をちょっとだけずらすだけだよ。ライトとメーターの両方オーケーさ」

「どどうする」

「ダン、心配するな。オレに任せておけよ」

僕はジッと彼《かれ》の手際《てぎわ》を見つめていた。

「ダンが三角乗りの練習で何度も懲《こ》りずに8の字を走り続けるのを見ているうちに思いついたんだ」

トキオは手の甲《こう》でメガネを押《お》し上《あ》げ、呟《つぶや》いた。

「えっ、どういうこと?」

「ペダルを踏《ふ》むというダンの踏ん張りが、電流になってこのメーターに現れるんだよ」

彼は大天才の顔になっていた。

「ダン、安心しな。今まで通りちゃーんとライトも点《つ》くんだ」

手を休めずに先生みたいな口調で説明してくれた。

「ふーん……じゃあ、メーターにフレミングの左手が入っているんだね」

僕はノートの左手の絵を思い出して、当てずっぽうに言った。

「そうそう、大事に入れておいたぞぉ」

ハンドルのど真ん中に青い弁当箱がしっかりボルト留めされた。ズーッと前から僕《ぼく》の自転車に付いていたようにシックリおさまっている。

「生きてるってコトが、アンペアの針で示されるんだ、面白《おもしろ》いだろ。アンペアってAって表すんだ」

トキオが電気の話をする時は、目が倍に大きくなる。本当に電気が好きで電気がすべてなんだ。トキオのどこかにデンキウナギみたいな発電装置がありそうだった。指先に触《さわ》ったらビリビリと感電するかもしれない。

彼《かれ》と違《ちが》って僕は、ライトが点《つ》いたりモーターが回ったからって特に感動はしない。どっちかというと地面の中を駆《か》け巡《めぐ》る植物の根っこに興味が惹《ひ》かれる。でも、生命の量を溜《た》め込《こ》むパンダの弁当箱はあっさり気に入ってしまった。

「飽《あ》きたらいつだって元通りにしてやるからよお、安心しな」

大天才は僕を見て微笑《ほほえ》んだ。

4アンペア

カンシャク

「五アンペア頭にきた」

「うれしい二アンペア」

「この昆虫《こんちゅう》の色は残念な四アンペアだ」

僕は調子にのって、

「植物ラセンの三十アンペア」

と言ったけどトキオには伝わらなかった。僕らのアンペア遊びはズンズン拡大していった。ちょっと変わっているけど、姿の見えないアンペアは空気みたいに僕らには欠かせない存在になっていた。

高台のテッペンでは大きな風車がいつもゆっくり回っていて、穏《おだ》やかな時間が続いていた。

風が強くなっても白いプロペラは発電の効率がイイ速度に調整しているらしい。

アンペア・メーターの文字盤《もじばん》には、彼《かれ》の下手《へた》な数字で［0］から［100］まで書《か》き込《こ》まれている。

「トキオ、ペダルをこいで百アンペアを出せるニンゲンっているのかなぁ」

「そりゃあ、なかなか出るものではないさ」

「じゃあ、この目盛りの［100］は無駄《むだ》じゃないか。僕《ぼく》が乗るんだから最高が［10］でも十分じゃないかな？」

僕は軽い気持ちで言ったつもりだった。見る見るうちにトキオの顔は真っ赤になっていき、

「何にも知らないクセしてバカダダダン。お前なんてゼッコーだ」

と叫《さけ》んだ。トキオがカンシャクを起こすなんて予想もできなかった。突然《とつぜん》のことに、

「ゴゴゴ、ゴメン、ゴメン。トキオ」

謝《あやま》ったけどアトのマツリだった。

「お前のアンペアなんて数字に囚《とら》われてしまっているんだ、もうイイ！」

「トキオ、僕《ぼく》……」

カンシャクが起きたトキオにはどんな言いワケも通用しなかった。

「もうゼッコーだからな、バカタレダダダダン」

あまりに突然すぎてワケが分からなかった。

普段《ふだん》トキオは僕を呼ぶ時「ダン」か、みんなと同じ「ダダン」なのに、カンシャクで勢いあまって「ダダダダン」になってしまったのだ。

僕がつっかえるのはいつものことだけど、トキオの「ダダダダン」はいつもだったら二人で笑い転げるところだった。

真っ赤になった彼《かれ》の顔は、血走った目玉が強い遠視のレンズで拡大され、ギョロ目入道になっている。

『またカンシャクが始まった……でもいつもと違《ちが》うぞ……』

とても笑う気配ではなかった。僕は自分の手の甲《こう》をつねって、吹き出《ふだ》しそうな自分を必死に堪《こら》えていた。上目遣《うわめづか》いにちょっと窺《うかが》うと、トキオは転がっていたジュースのペットボトルを投げつけようと振《ふ》りかぶった。

本当に怒《おこ》った時の顔になっていた。思わず僕は両手で頭をおおって目をつぶった。

運動会の「ヨーイ、ドン」のピストル音にだってビクついて足がすくんでしまい、我に返った時にはもう、みんなは僕の前方五メートル先を走っているというほど、僕は小心なんだ。

パッコォーン――。

空っぽの音が左に三メートルばかり離《はな》れたところで鳴った。僕には当たらず、滑《すべ》り台《だい》にぶつかったペットボトルが間の抜《ぬ》けた音をたてて転がった。

手元がくるったのではなく、初めっから僕に当てる気などなかったんだ。

『案外、冷静だったのかなぁ』

トキオの「ゼッコー」は今回が初めてではない。今までいちいち数えていないけど一万回は超《こ》えているだろう。始まったらどうやったって治まらない彼《かれ》のカンシャクの嵐《あらし》は、通り過ぎるのをただジィーッと待つしかない。

それにしてもカンシャクでモノを投げつけるのは初めてだった。ま、僕が目盛りの件についで余計なコトを言ったのが発端《ほったん》だろうけど、真っ赤なギョロ目入道の怒《いか》りは本気のようだった。トキオは前を向いたままで、

「ほんとだからなー、バカダダダン」

もう一度、吐《は》き捨《す》て自転車にまたがった。笑い出したいのを堪《こら》えるために自転車に飛び乗ったのかも知れないけど、僕《ぼく》にはもう笑う余裕《よゆう》はなく、ただ見送るしかなかった。

鮮《あざ》やかな手際《てぎわ》でメーターを取り付けてくれる大天才に、何故《なぜ》カンシャクなんてつまらないアンペアが起きるんだろうか。

「ど、ど、ど」

ワケを聞こうと思ったけど、僕が手間取っている間にトキオは公園を飛び出した。

僕はいつだって大事な時に間に合わないんだ。

港通りに出たトキオは十アンペア以上だったろう。

うつむき加減の前傾《ぜんけい》姿勢でペダルを踏《ふ》むトキオがズンズン遠ざかっていく。

十五アンペア。

突《つ》き出《だ》した頭は風を切り、上がり過ぎたアンペア熱を冷やす脳ミソは空冷式なんだ。

十七アンペア。

トキオのカンシャクの力は、フレミングの左手の法則だって無視して飛び散る。

二十アンペア。

彼《かれ》の右側を追《お》い抜《ぬ》いたダンプカーを追いかけだした。ますます前傾《ぜんけい》姿勢になり速度を増した。とうとうダンプの運転席と並んだ。

とうとう二十五アンペア。

僕は、危なっかしいと思いながらも、どこかで「トキオなら大丈夫《だいじょうぶ》」と安心して見ていられた。

バオバオバオバオバオ――。

ダンプがけたたましい雄叫《おたけ》びをあげて、爆走《ばくそう》するアフリカ象になった。こりゃ、驚《きょう》異《い》の三十アンペアだ。

「危ねぇぞ、コゾウ！」

黄色いタオルで鉢巻《はちま》きした運転手が、半身を乗り出しトキオを怒鳴《どな》りつけている。

「離《はな》れろ、コゾウ。あぶねーじゃないか、バカタレがぁ」

蝿《はえ》を追《お》っ払《ぱら》うような仕草をした。トキオはお構いなしでペダルをこいでダンプと競《せ》り合《あ》っている。大天才はもっと先にある目に見えない何かを追いかけているような気がした。

次のガスタンクの四つ角でトキオが左折した。直進するダンプとやっと分かれてホッとした。

トキオが公園から走り去り、せっかく百アンペアくらい盛り上がっていた僕《ぼく》らの気分は一気に零《ゼロ》に戻《もど》ってしまった。

いつもなら、トキオのゼッコーはそんなには長続きせず翌日には何もなかったように僕の前に現れた。早い時は三十分で回復したこともある。現れる時は、必ず僕をビックリさせる仕掛《しか》け付きだった。

十五分で何食わぬ顔で現れた時は何の工夫《くふう》もなくて、ただ早いだけでバカみたいだった。

滑《すべ》り台《だい》の脇《わき》にポツンと立っている僕の真っ黒い自転車は、肩《かた》にオウムを止まらせた海賊《かいぞく》にも見えたけど、僕のは何てったって「生きてる量をはかる」優れモノだ。

取り残され、予定があるわけでない僕は、三角乗りで自転車を発車させた。公園内をゆっくりと8の字形を描《えが》く。アンペアの赤い針が心細げに震《ふる》えながら上がっていく。三アンペアから五アンペア。

これが今の僕の生きる力なのか。アンペアを確かめるように何度も地面の8の字をなぞっていた。七アンペアからなかなか十アンペアに届かない九アンペアちょっと。

そのうち、地面の見えない8の字の力に導かれるように自転車を走らせた。僕はハンドルを右に切って無限の8の字から外れた。

滑り台の踊《おど》り場《ば》に上がった。ここは僕らが風を観察したり、トキオがハンダゴテの古い火傷痕《やけどあと》を自慢気《じまんげ》に見せびらかしたりする特等席だった。

山の上でゆっくりと回っている風のアンペア。

『もうトキオの頭は涼《すず》しくなったかなぁ……』

バカっぽくてもいいから、早く戻《もど》ってきてほしいと思って待っていたけど、トキオは夕方近くなっても帰ってこなかった。

公園にある唯一《ゆいいつ》の水銀灯のボンヤリした光が灯《とも》り出《だ》した。僕《ぼく》もライトを点《つ》けて三角乗りで帰った。

ペダルを踏《ふ》むたびに赤い針が、ヨロヨロと生きてるように震《ふる》え出《だ》した。


強い風が吹《ふ》いている。低く垂れ下がった鉛色《なまりいろ》の空だった。庭木がザワザワ渦巻《うずま》いていた。

トキオも僕もまるで風に支配されたような、こんな日が大好きだった。トキオもどこかでこの風を見ているはずだ。

台風が近づいてくる時や、吹き始めた春一番とか、冷たい木枯《こが》らし一号や、強烈《きょうれつ》な風が吹くと、僕らは落ち着きを失ってそこらじゅうを走り回らずにいられなかった。どうしてそうなるのか分からないけど、風がどこか知らない所へ連れて行ってくれそうな気がする。

海から吹き付ける風で三角乗りのハンドルを取られそうになりながら、カスミ公園に向かった。

『トキオもきっと来るはずだ……』

滑《すべ》り台《だい》の特等席でスナック菓子《がし》の袋《ふくろ》や弁当の空き箱が、地面を滑って飛ばされていくのを眺《なが》めていた。

いつの間にか［アンペアのうた］を口ずさんでいた。

「まわる、
まわる、
まわり〜ます〜。
見えない風の〜チカラです。
ヘイッ！
一アンペア、
五アンペア、

百アンペア、
チャチャチャ〜チャチャチャチャ〜チャチャチャチャチャ……」

年末になるとジングルベルの曲にのせて流れる、宝くじの宣伝の歌が耳に付いていた。僕《ぼく》が考えたこっちの方がだんぜんいい。誰《だれ》もいないのをいいことに、調子付いた僕の声は次第に大きくなっていった。

「まわる、まわる……」

「なんだぁ？　そのヘンテコな歌は？」

振《ふ》り向《む》くとバカ笑いするトキオがいた。

「トトトキオっ」

顔から火が出そうだった。

「ダン、歌っている時はちっともつっかえないんだな」

「あ、ほんとだ」

僕は音楽の授業だって、いつも不安でクチパクで歌っていたんだ。

「トトトキオ、昨日は…ゴゴメ……」

「そんなコトよりさ」

言いかけるとニヤリと口の端《はし》に得意気な笑《え》みを浮《う》かべトキオは、リュックの中から水彩画《すいさいが》を一枚出した。美術の時間に描《か》いたんだと言って僕に手渡《てわた》す。

ノートに描いたフレミングの手よりも、その絵に惹《ひ》き付《つ》けられた。

「僕は好きだな」

地球ができて間もない大きな景色は、いろんな色をした原始的な樹《き》が密集している。そしてもの凄《すご》い断崖絶壁《だんがいぜっぺき》だ。深い緑色の森のそっちこっちに飛《と》び交《か》っている白やオレンジの光が生き生きしているのだ。

絵は僕の方が上手《うま》いけど、まだ見たこともないはるか彼方《かなた》を想像させるトキオのその絵について感想を言った。

「もうイイよ、ダン。これを見ろよ」

トキオは絵をひっくり返して裏を見せた。先生が赤鉛筆《あかえんぴつ》で「もっと物をよく見て描きましょう」と書《か》き込《こ》みがあった。

「これカボチャだよ。美術の時間にカボチャを描《か》いたんだ。でもどうしても丸みが出なかった。上から絵の具を塗《ぬ》れば塗るほどこんなになっちまった」

「カボカボチャかぁ……カボチャを通《とお》り越《こ》して、遠い景色に見えるけどなぁ」

トキオは僕《ぼく》の手から取り上げた絵をビリビリ。半分に、また半分…そしてまた半分に破いてしまった。

「ダン、よく見てろよ。それっ、飛べーっ、飛んでいけ」

トキオは両手いっぱいの図画の欠片《かけら》にかけ声を掛《か》けて風に放《ほう》り上《あ》げた。トキオが描いたカボチャが色とりどりの鳥になって、ラムネ工場の方に飛んでいく。本当の鳥が飛んでいくようだった。

「ワアアアア、五十アンペアだ。トキオ、すすげーよぉ。ききれいな極楽鳥が飛んでいくよ」

僕は叫《さけ》んだ。そして僕らは黙《だま》ってその鳥の群れを見送っていた。

「見たか、ダン。もっともっと七十アンペアの風にならないかなぁ」

極楽鳥のほとんどはラムネ工場の屋根に留まってしまった。

「もうちょっと遠くまで飛んでほしかったのになぁ。クッソー残念だなぁ」

「でもきれいだったね」

これが今回の「ゼッコー」取り消しの合図だったんだ。トキオは清々した顔になっていた。

「また見せてよ、こんなきき、きれい……」

と言いかけてやめた。そのためにはまた「ゼッコー」しなきゃならないから。

5 アンペア

ショーライ

僕《ぼく》は野良犬《のらいぬ》に吠《ほ》えたてられ追い回されたことがある。

牙《きば》をむき出し鼻筋に恐《おそ》ろし気な皺《しわ》を幾重《いくえ》も寄せて吠えたてる顔もイヤだったし、後ろに迫《せま》って喉《のど》を鳴らす唸《うな》り声《ごえ》が、救急車のサイレンの鳴り始めや鳴り終わりの震《ふる》える音に似ていた。そのイヤな響《ひび》きが耳の奥《おく》にこびりついている。

遠くから犬を発見しただけでもう足がすくんでしまい、道を変えて走り出すか物陰《ものかげ》に隠《かく》れるかする。

春先の裏山にいっぱい芽を吹《ふ》き出《だ》したヨモギは、夏には僕らの背丈《せたけ》ほどに伸《の》びる。傍《そば》を通りかかった犬にもただニコニコと揺《ゆ》れているヨモギは強いなぁと思った。

犬が苦手な小心者の僕は密《ひそ》かに、

『ヨモギは強い、ヨモギはイイなぁ、ヨモギになりたい』

と真剣《しんけん》に考えていた。保育園の頃《ころ》、トキオと遊んでいた時、

「ダン、お前は将来、何になりたい」

と突然《とつぜん》聞いてきた。

「ショーライって？」

逆に聞いた。

「将来って大人になったらってことだよ」

「分かんないよ、大きくなるって」

僕《ぼく》は本当に分からなくてただヨモギを見ていたのを覚えている。

「オレは電気の博士になるんだ」

トキオの家は電器屋だから、僕も父さんに倣《なら》って牧場で牛を飼うんだろうか。

『昆虫《こんちゅう》や植物は好きだけど犬はダメだしなぁ……』

何か言おうと思っても思いつかなかった。

「うーん、ぼぼ僕はヨヨモギになりたい」

と答えてしまった。

「えーっ、ヨモギって、あのヨモギかぁ?」

トキオが呆《あき》れ顔《がお》で叫《さけ》んだ。

「うん、ヨモギは犬なんか相手にもしないんだ。それだけでもスッゴク強いんだ」

本当にそうだったらイイなぁと思うようになっていた。

近所の子どもらと遊んでいる時、トキオが僕の変わったショーライを、

「ダンの将来は凄《すご》いんだぜー、ヨモギを目指してるんだぞ」

とみんなに披露《ひろう》してしまった。彼《かれ》には悪気なんて全くなく、そんな僕が友達なのを自慢《じまん》して言ったらしい。

「ヨヨヨモギは、怖《こわ》いモノなしなんだ」

僕もその時はヨモギの自慢をしたのだった。でもみんなは僕がふざけてると思って、

「ヨモギダン、ダンダンダーン」

囃《はや》し立《た》てた。僕はウケを狙《ねら》ったのではなく、いつも風にゆうゆうと揺《ゆ》れているだけのヨモギが羨《うらや》ましかっただけだった。間もなくトキオが、

「でもなぁ、ダン。餅《もち》になったヨモギがもしイヤなヤツに喰《く》われたらどうする。ソイツのウンコになっちまうんだぞ。そうなりゃ最悪だな」と言った。

そんなバカなウンコを想像して以来、僕《ぼく》はヨモギになるのはやめにした。

今考えると、嫌《きら》いな犬を相手にしないというだけで「ヨモギになりたい」と言っただけだった。僕の犬嫌いはそのままだし、相変わらずショーライなんて想像もつかないでいる。電気の博士になりたいというトキオとは大違《おおちが》いだ。

ユメノ電器では、お客さんから「パソコンのメールが送れない」とか「冷蔵庫の冷えが悪くなった」などの電話が入ると、愛想のいいオヤジさんが飛んでいく。ほとんど新型製品の使い方の説明だとか、修理の他《ほか》に取り付け配線なんかだ。

最近は大きな家電の量販店《りょうはんてん》が近所にできて、店の売れ行きもすっかり落ちているらしい。安売り店で買った製品の取り付けや、修理の方が多いという。

今までの電球一個だけのお客さんまで量販店に持って行かれたと、トキオはちょっと首を傾《かし》げて大人の受け売りをボソッと言った。僕も仕方なしに腕組《うでぐ》みしながら、「ウーン」と相鎚《あいづち》をうってみせたけど、僕らにはそれほど深刻な問題ではなかった。

なぜならトキオは商売敵《がたき》になっている大きな量販店がお気に入りなのだ。広い店内を見て回るのが好きで、僕もときどき付き合わされる。

ユメノ電器のオジサンとオバサンはいつも愛想《あいそ》がよく穏《おだ》やかだし、兄さん二人とも地味で大人しいのに、どういうワケかトキオだけはカンシャクもちだ。きっと突然《とつぜん》変異というヤツなのだ。でもそんな親子はいくらでもいるし、僕らがこの世に生まれてくること自体がすでに突然変異に近いことなのかも知れない。

古い電気スタンドのコードのビニルの裂《さ》け目をわざと触《さわ》って、ピリピリ感電する指先を見つめ、「確かに在るんだよなぁ」と、遠視メガネで充血まで拡大された目玉で呟《つぶや》くトキオは少し怖《こわ》い。僕は呆気《あっけ》にとられてただ見つめていた。そのうえ周りとの距離《きょり》をはかるのがあまりうまくできないトキオも、きっと中学校では大きな輪から外れているに違いなかった。

学校では遊び友達がいない僕《ぼく》と、電気に夢中のトキオがユメノ電器の店先で遊んでいると、オジサンとオバサンは目を細めて「兄弟みたいだねぇ」と言う。

「困ったことがあってもダンはなんの頼《たよ》りにもならないけど、お前と居るだけで不思議なことにこっちまで元気になるんだ」

トキオが言ったことがあった。でもこれは僕の台詞《せりふ》でもあるんだ。彼《かれ》が突然《とつぜん》カンシャクを起こしたとしても。


そんな僕がドッジボールで一回だけヒーローになったことがある。

三年生の時の放課後、校庭でドッジボールをやることになった。僕はこんな時、決められるまま従う員数合わせ要員だった。チームのリーダーは元気者のヨッちゃんだ。彼の運動神経は抜群《ばつぐん》だけど、勉強は僕より苦手そうだった。

もうひと組は修二《しゅうじ》のチームだ。合併《がっぺい》になって一緒《いっしょ》の小学校になった隣町《となりまち》の団地の子が中心になった組だ。塾《じゅく》も一緒の彼らは、トイレの鏡の前で前髪《まえがみ》の乱れを直すような、自意識過剰《かじょう》な男子だ。修二のオヤジは町のエライさんをやっていて、オッカサンはPTAの役員だ。彼は頭脳的というのか裏をかくプレーが得意だ。

ヨッちゃんチームに引き取られた動きの鈍《にぶ》い僕は、まず敵方の標的になった。

「あっ、来た、来るぞ、当たるぞ」

僕の身体《からだ》は、球に吸い寄せられてしまったように固まってしまい、まだ当たってもいない球の行方《ゆくえ》を感じて、オデコに痛みすら走る。

スローモーションで僕に近づいてくるボールを見つめていた。その一球目を僕はアッサリとおでこで受けてしまう。こういう時の僕は、まだ来ない一瞬先《いっしゅんさき》の未来を見ていることになる。

そんな近い未来が分かるのなら、その危機を避《よ》ける方向に動けばいいけど、そうはいかないのが僕の情けないところなんだ。ホイッスルが鳴って僕はスゴスゴと陣《じん》の外に出された。

今度はこぼれ球を拾っては敵陣を攻撃《こうげき》する要員になったけど、僕のヘナチョコ球が捕《と》らえる敵なんていない。

ヨッちゃんチームの誰《だれ》かが投げた球が、敵陣《てきじん》の前髪《まえがみ》が立ち上がった額を直撃《ちょくげき》してワンバウンドして、何とボンヤリしていた僕《ぼく》の両手にすっぽりおさまってしまった。みんなが歓声《かんせい》をあげた。

「ダダン、来たッ！」

ヨッちゃんが僕を見ながら叫《さけ》んだ。慌《あわ》てたのか、勢いあまってダを一個余分に入れた。

今までヒラリヒラリとボールを避《よ》け続《つづ》けてきた相手方の修二《しゅうじ》が、何と僕の目の前でよろけて転んだ。

「今だ、ダダン！」

ヨッちゃんがまた叫んだから僕は慌てた。

不思議なことに、反時計回りに転がる修二を予想できた。僕は倒《たお》れている修二と目が合ってしまった。修二の右側に投げたフワリとした僕のボールは、やっぱりヘナチョコ球だった。

「あっ、あー」

味方から残念の声があがった。同時に、僕の予想通り投げたボールの方へ修二が転がり、立ち上がった彼《かれ》の背中に球が命中したのだ。僕の手柄《てがら》に、ヨッちゃんはじめ他《ほか》のみんなもビックリ、僕自身がいちばん驚《おどろ》いた。

「ダダン、ダダン、ダダン……」

合唱にかわり、僕はどっちでもいいけど「ダン」から「ダダン」になった。

ピーッ――。

ホイッスルが鳴った。慌てた修二は足をひねって自分では立てなくなった。僕のヘナチョコ球に当たって立てなかったのではない。どうってことない僕の球スジを深読みしすぎて自分でひねってしまったのだ。

何人かの肩《かた》を借りて修二は保健室へ直行した。単なる偶然《ぐうぜん》だったのにそれ以来、修二は何かにつけて僕にからんでくるようになった。

五年生の三学期が終わる頃《ころ》から、僕《ぼく》の内側にどんよりした気分が貼《は》り付《つ》いている。春休み直前のホームルームをズーッと引きずっていて、日に日に分厚くなっていた。

「今日は［将来の夢］についての考えを自由に話し合ってみましょう」

将来は何になるのか、夢は何なのかといった質問が好きらしい担任の提案だった。

「将来」「夢」とかいっても、クラスの大半が口にするのは、中学、高校受験や、大学への進学のことか、自分の職業についての希望だ。政治家、医者などヒトの役に立つ人間になりたいと言い切るのもいれば、倒産《とうさん》の心配がない国家公務員ってのもいる。中にはサッカーや野球の選手、アイドルとか、小さい頃《ころ》からテレビで観てきた大人ってものになりたがるヤツもいる。本気でそんなこと思っているんだろうか。

「ショーライ」は、口に含《ふく》むとたちまち幻《まぼろし》のように消えてしまう、嵩《かさ》の割りに舌の上で儚《はかな》く消える綿菓子《わたがし》みたいだ。バアチャンは綿菓子のことを電気飴《でんきあめ》って言う。

こんなテーマにでも、自信満々に発言するのは成績上位の十人ちょっと。あとはその意見に同調するヤツがほとんどで、残りは自分のペースでやり過ごしているいつもの数人だ。

退屈《たいくつ》な僕は椅子《いす》に深く座《すわ》り直角に上半身を立て、自分の気配を消すことに集中して、黒板の上に掛《か》かっている校内放送のスピーカー辺りを見る。みんなの意見をただ聞き流しながら、見つめるでもなく目を漂《ただよ》わせているとスピーカーがぼやけてくる。

教室に居ながらにして、僕はフワリと浮《う》き上《あ》がったような気がしてくるのだ。実際の姿が消えるワケじゃない。僕自身が消えたと思えばいい。

こんな僕は自分のペース組の中でも、ただ一人の蝿《はえ》派だ。

いつだったか、前の席の男子の背中に止まっていた蝿と目が合った。蝿は赤い複眼を通して無数の僕を見ていた。エサかそうでないかを見極《みきわ》めていたのだろう。僕は僕でただ蝿を見ていた。

蝿は僕のコトをエサでもなけりゃ、味方でもないと見切った途端《とたん》にブーンッと飛び立ってしまった。僕も蝿と一緒《いっしょ》に教室の窓から外に飛んでいった気分だった。

終業のチャイムはまだ鳴りそうにない。仕方なく神妙《しんみょう》な顔をしながら、まだ来ない時間のことを空想していた。ショーライを考えている今、と思っている今はすぐに今ではなくなる。慌《あわ》ててまた今、と思った途端《とたん》にまたどこかへ往《い》ってしまう。次から次へと今をやり過ごせば、ショーライというカタマリに行き当たるのかなぁ。

流れていく「今」はどこかに溜《た》まっているんだろうか……こんなショーライの迷路に迷《まよ》い込《こ》んでしまう僕《ぼく》は、いったい誰《だれ》なんだろうと思ったりしているうち、ホームルームも終わりに近づいていた。

「岩浅《いわさ》君はどうですか」

逃《に》げ切《き》ったと思ったのに捕《つか》まってしまった。

「じ、時間、ま、まだ……」

僕は慌てた。それでも何とか「今」という時間についてしゃべろうとして、酷《ひど》くしどろもどろになってしまった。そしてお約束みたいに終業のベルが鳴る。

「岩浅君、春休み中にゆっくりと考えて六年生の新学期を迎《むか》えましょうね」

僕のショーライは時間切れで絶ち消えになってしまった。誰も関心などなかっただろうし、正直なところ僕《ぼく》自身がホッとした。

僕は、自分の考えを一度脳ミソの中で言ってから、やっと言葉になって口から出す。そのうえ、いざ口に出すと音がダブったり、つっかえたりしてしまう。遅《おく》れないようにと焦《あせ》るからつまずき、そうなるとバタバタになってしまうのだ。

そんな具合だから動作もやっぱりゆっくりしていて、何をやっても時間切れになってしまう。僕にもうちょっと勇気があったら逆に、先生が子どもだった頃《ころ》に考えた将来の夢を質問していたかもしれないけど、勇気よりまえに担任の夢には全く興味なかった。

あのホームルーム以来、頭の内側に「ショーライ」という言葉が乱反射しているのだ。

6 アンペア　カアサン

僕の部屋からは全く見えないけど物置の所まで出たら、裏山のテッペンでゆっくりと回転する風力発電所の白い大きな三枚羽根が見える。風力発電所の向こうにカゼノサト牧場村が広がっていて、その一画に父さんの牧場があるのだ。

父さんは僕が生まれるずーっと前からカゼノサト牧場村で働いていた。二頭の雌牛《めうし》を飼い始めた父さんは、一番小さな牧場主になった。母さんと結婚したのは、牛が十頭ぐらいになって間もなくのことだったらしい。

母さんと二人で働いてやっと二十頭に増やした頃《ころ》、母さんがかねがね考えていた、風で起こした電気を使って雨水《あまみず》をイオン分解して牛を育てる方法を実行に移し始めた。[風牛《かぜうし》牧場]と名付けたのも、母さんの提案だったらしい。

僕《ぼく》が生まれた頃《ころ》から母さんの具合がどんどん悪くなって、入退院を繰《く》り返《かえ》すようになっていた。風《かぜ》牛《うし》牧場に父さんを一人残して、母さんと僕は町に降りてジイチャンバアチャンの家に身を寄せた。だから僕の前ではずーっと寝たり起きたりの母さんだった。

母さんが死んでからの父さんは、始めたばかりだった牧場に寝泊《ねと》まりして一人で牛の世話をしなければならなかった。

牛の蹄《ひづめ》は、ヒトの爪《つめ》と同じで日に日に伸《の》びるらしい。放《ほう》っておくと歩けなくなったり、ひび割れしてそこから雑菌《ざっきん》が侵入《しんにゅう》して病気になりやすくなる。定期的に他《ほか》の牧場に出掛《でか》け、グラインダーで一頭ずつ牛の蹄を削《けず》っていく削蹄師《さくていし》という仕事も父さんの本職だ。

僕は三年生の遠足で、一回だけカゼノサト牧場村に行ったことがある。

海からの風にゆっくりと回っているプロペラは、町から遠く眺《なが》めるのと違《ちが》って、一本の羽根の長さが確か五十メートルはある巨大なものだった。電気を作る五基のプロペラと、のんびりした動きで生きている牛の景色が好きだった。

父さんが牧場の若い人たちと、僕《ぼく》たちの前に仔牛《こうし》を連れてきた。僕たちをジーッと見つめる牛の濡《ぬ》れた目玉は真っ黒で、どこまでも深い沼《ぬま》みたいだった。

担任が、

「ハズム君のお父さんでーす」

と紹介《しょうかい》したら、父さんは乾《かわ》いた牛のウンコで汚《よご》れた麦わら帽子《ぼうし》をとって、

「岩浅《いわさ》です、ヨロシク。分からないことがあったら何でも質問してくださいね」

ペコリとお辞儀《じぎ》をした。

「ダダンの父さんだ」

「ダダダンパパ」

みんな一斉《いっせい》に僕の方を見て口々に言う。僕はこんなに注目されるコトに慣れてないからうつむいてしまった。

「あー、それから」

父さんはそんな騒《さわ》ぎを無視するように大声で言った。今考えても、あの時の父さんの声は五十アンペアあった。

「牛を撫《な》でる時は、怖《こわ》がるとかえって牛も怖がり暴れるから、前から勇気を出して優《やさ》しく触《さわ》ってちょうだいね」

みんなは間近で入《い》れ替《か》わり立ち替わりで、草をやったり仔牛を撫でたりしていた。でも僕は近づいてくるその大きな牛が怖かった。僕が手にした草に牛が鼻先を突《つ》き出《だ》して、ぶるぶるっと大きく首を振《ふ》ったのだ。

「ギャー」

僕はどこをどう走ったのか、牧場の柵《さく》の根元につかまって震《ふる》えていた。僕の目の奥《おく》に、真っ黒く濡《ぬ》れた牛の粒々《つぶつぶ》の鼻先がくっきりと迫《せま》ってきたのだった。

「ハズムー、大丈夫《だいじょうぶ》だから」

父さんのゴム長靴《ながぐつ》がガブガブと音をたてながら駆《か》け寄《よ》ってきた。目をつぶっている僕にはその音さえ恐《おそ》ろしかった。

「牛はかじったり、ハズムを突いたり絶対にしないんだ。優しいんだよ。ただ驚《おどろ》いた牛が首を振り回しただけなんだ。落ち着いたらもう一度やってみるかい」

「うん」

そしてみんなは、父さんが牛の蹄《ひづめ》を削《けず》るところを見学していた。僕《ぼく》はやっぱりダメだった。

でもあの時、みんなを前にして父さんの大きな声を久々に聞いた。何だか生き生きしていた。

母さんが死んでからしばらくの間、何も手に付かないで家でふさぎ込《こ》んでいた父さんが入院したのは、牧場から軽トラで三十分ほどいった静かな森の中だった。心の具合が不安定になる病気だとバアチャンが言っていた。

退院した後も、動物の世話をしているのが父さんにはよかったのか、今ではすっかり元気になり「風牛《かぜうし》」も軌道《きどう》にのっている。牧場主の父さんは若い牧童《ぼくどう》たちに、削蹄《さくてい》だけでなく牧場全般《ぜんぱん》のことを教える指導者になって張り切っている。

牛の出産や牛の体調が崩《くず》れるのは、夜も昼も、時間などお構いなしでやってくる。だから父さんは自分の具合が悪くなってる暇《ひま》がないと、ジイチャンと酒を呑《の》みながら笑って話していた。すっかり元気になった父さんは、一年のほとんどを牧場で過ごすようになった。

離《はな》れて暮らしていても、父さんが忙《いそが》しく風牛牧場で牛の世話をしていることはいいことだと思うし、僕は僕でトキオと遊んだり、勉強は嫌《きら》いだけど掃除《そうじ》や洗濯《せんたく》仕事の合間に楽しい瞬間《しゅんかん》を見付けるから、不満なんて少しもなかった。

トキオと公園に集合したものの何をして遊ぶか思いつかなくて、二人で鉄棒にぶら下がってただ風に揺《ゆ》れていた。運動が苦手な僕らは二人とも逆上がりなんて、何度やってもダメだった。ただ両手でぶら下がって、山のテッペンの風の塔《とう》を眺《なが》めているだけで十分だった。

「ダン、お前、母さんの顔を思い出さないって本当かよ」

レンズ目玉で僕を覗《のぞ》き込《こ》んだトキオはいつになく真剣《しんけん》な口ぶりで聞いた。

力がこもった突然《とつぜん》の小声に、僕は戸惑《とまど》って前を向いたまま黙《だま》ってしまった。

「うん、まるっきりダメなんだよ」

やっと答えた。

「えっ、やっぱりマジだったんだ」

トキオの目は真剣《しんけん》だった。

「あのなぁ、ダン。初めて言うけど……。オレ、ダンの母さんが死ぬちょっと前、庭に出ていた時に会っているんだよ」

トキオが僕《ぼく》の母さんの話に触《ふ》れるのは、本当に初めてだった。でも何だかそれが自《じ》慢気《まんげ》に聞こえた。

「でも、ぼ、ぼ、僕は死ぬ直前まで母さんと一緒《いっしょ》にいたんだよ」

トキオの話に僕はちょっとムキになった。

「オレなんて、ダンの母さんと喋《しゃべ》ったんだぞ。今でもはっきり覚えているんだ」

トキオもまたムキになった。でもあの日以来まったく母さんの顔を思い出せないでいる僕と違《ちが》って、母さんのコトをハッキリ覚えているというトキオが羨《うらや》ましくなった。

「えーっ、本当かい。ど、ど、ど」

僕はそれ以上言葉が出なくなっていた。覚えてないことが初めて哀《かな》しくなった。

「今まで誰《だれ》にも言ったことがないんだ。でもはっきりと見たんだよ、本当だ。真っ白い顔だったけど、しゃがんで庭の花をじーっと見つめていたんだよ。きれいだったよ。死ぬちょっと前だった」

「そ、そ、そしたら母さんのか、か顔も、覚えているのかい」

「もちろんさ。今でもハッキリ覚えているさ。しかもオレ、喋ったんだよ。コンニチハって挨拶《あいさつ》したんだ。そしたら、あら、トキオ君、コンニチハって、優《やさ》しく微笑《ほほえ》んでくれたんだぞ。ハズムのお友達ねって」

トキオのレンズ目玉が転げ落ちそうなほど大きくなった。

「僕は喋ってないのに」

「オレだってズーッと人に言わなかったんだ。ダンも母さんの話になると避《さ》けたそうだったし……」

「うん、覚えてないんだよ、顔を、全く……」

トキオは話を面白《おもしろ》くするためにデタラメや大げさは言うこともあったけど、僕の母さんのコトでふざけるはずはなかったし、僕も今まで母さんのコト以外は、何だって気軽に喋《しゃべ》った。

「あああ、ダメだぁ」

堪《こら》えられなくなって鉄棒からトキオがボトリとそのまま落ちた。

「ときどきバアチャンにアルバムを見せられるけど、知らないオバサンにしか見えないんだよ。あああ」

僕《ぼく》もボトリと落ちた。

みんなが僕に見せてくれる写真の母さんには何も反応しなかったけど、トキオの思い出に出てくる母さんに胸がざわざわした。

「疲《つか》れるからお座敷《ざしき》に行こうか」

公園でただ一か所、芝生《しばふ》が三畳《じょう》ほど元気な所があった。僕らは「お座敷」と名付けていた。ここは寝転《ねころ》がって空を見たり、山のテッペンの風の塔《とう》を眺《なが》めるには絶好のじゆうたんだ。

でも寝っ転がる前に、僕らは自分のケツの下を調べた。猫《ねこ》や犬のフンが落ちてたりするからだ。今日は大丈夫《だいじょうぶ》だ。並んで仰向《あおむ》けになった。

「思い出そうとしても、母さんの部分が、黒板消しで拭《ふ》いたようにまるっきり消えてるんだよ」

僕は母さんの死んだあの日のことを、父さんにもジイチャンにもバアチャンにも話したことはなかったけど、初めてトキオに喋る気になった。

入院、退院を繰《く》り返《かえ》し、一日の大半を奥《おく》の部屋で伏《ふ》すようになっていた母さんと顔を合わせるより、バアチャンやジイチャンと過ごしていることが多かった。たまに居間に出てきて一緒《いっしょ》に過ごすことがあったけど、部屋に戻《もど》る母さんの後について歩く僕に、

「ハズムは、この部屋に入っちゃダメなの。母さんが悪い病気と闘《たたか》っているから。治るまで待っていてね」

母さんは僕にそう言い聞かせてドアを閉めた。

その後も頼《たよ》りない咳《せき》がいつまでも聞こえていた。乾《かわ》いて弱々しい薄《うす》い色の唇《くちびる》の母さんをボンヤリしか思い出せない。

その日、父さんは牧場にいた。ジイチャンバアチャンも何かの用事で出掛《でか》け、家の中は僕《ぼく》と母さんだけだった。隙間風《すきまかぜ》みたいな、か細い母さんの喉声《のどごえ》が僕を呼んだように思った。嫌《いや》な予感がして部屋に駆《か》けつけた。開けてはイケナイと言われていた扉《とびら》の取っ手に手を掛けた。

「母さん、母さん」

もう返事を待たずにドアを開けた。

明るいレースのカーテンが掛かった窓際《まどぎわ》のベッドが、目に見えない何かに導かれて、母さんをどこかに連れ去っていく白い舟に見えた。途端《とたん》に、色が抜《ぬ》けた母さんの唇がおそろしいほど大きく開いた。まるで白いシーツに開いた穴みたいだった。真っ赤な口がどこまでも深い洞窟《どうくつ》の入り口に見えた。

「カアサー――ン」

僕は精いっぱい大声で叫《さけ》んだ。その途端だった。

母さんは凄《すご》い勢いで赤黒い霧《きり》を噴《ふ》き出《だ》した。ところどころ緑や赤いカタマリも混じっている。

「あー」

恐《おそ》ろしい光景に部屋の入り口でただたたずんでいた。膝《ひざ》の震《ふる》えが止まらなくて動けなかった。頭の中は早く母さんに近づきたいのに、足に根が生えたようにビクともしない。どうしていいのか分からないまま、僕は母さんのベッドに向かって飛《と》び込《こ》んだ。ベッドの手前で畳《たたみ》に落ちた。畳の上を泳ぐような格好の僕に、バラバラと何かが降りかかってきた。母さんの口から噴き上がっている大量の赤黒い液だ。

『母さんが抜《ぬ》け出《だ》していく』

バラバラバラ…パラパラパラ……。

畳の上に降りしきる乾《かわ》いた音が、押《お》し寄《よ》せる夢の中の波みたいだった。母さんがふり絞《しぼ》る粘々《ねばねば》した喉の音が聞こえた。

ベッドまで届かなかった僕は震えながら、生ぬるい赤黒い液を浴びていた。その母さんの最後の体温はまだくっきりと僕の皮膚《ひふ》に残っている。母さんが噴き出す血が汚《きたな》いなんてちっとも思わなかった。

全身に浴びた母さんの血は錆《さ》びた風呂釜《ふろがま》みたいな、ショウガ飴《あめ》にも似ていたような気がしたけど、今まで嗅《か》いだこともない臭《にお》いだった。どうしていいか分からなくて部屋から飛び出した。

廊下《ろうか》で何度も肩《かた》や頭を壁《かべ》にぶつけ、玄関《げんかん》では上がりがまちを踏《ふ》み外《はず》しそのまま裸足《はだし》で、隣《となり》の玄関先にへたり込《こ》んだ。

「ダアダアダア」

叫《さけ》んでいる僕《ぼく》の声に飛び出してきた隣のオバサンは、全身真っ赤な僕を見てヘナヘナと座り込んで、

「アワアワアワ」

言うばかりだった。

僕も家を指差しているばかりだ。どこから血が出ているのか、見分けもつかない僕を見て立ち上がれないでいたオバサンは、膝《ひざ》で歩きながらなんとか電話機にたどり着いて救急車を呼んでくれた。

「きゅう救急車はすぐ来るからね、ハズムちゃんはどこをやられたの」

僕が強盗《ごうとう》か通《とお》り魔《ま》に刺《さ》されたと思《おも》い込《こ》んでいるようだった。僕は頭では分かっていても、分かるように説明するのは難しかった。この騒《さわ》ぎで、近所の人がゾクゾクと集まってきた。口々に何か言ってるけど、

「ぼぼ僕じゃない、母さん、母さんを、見て」

僕は何とか答えた。

「母さんだ…母さんが……」

みんなの声や出来事のど真ん中で叫びながら、まるではるか遠くで起こっているコトのように感じていた。そんな奇妙《きみょう》な距離感《きょりかん》を破ったのは救急車のサイレンだった。間近で聞くサイレンの音は、牙《きば》を剥《む》いて迫《せま》るどう猛《もう》な野犬の唸《うな》り声《ごえ》みたいだった。犬嫌《いぬぎら》いの僕は反射的に身体《からだ》を硬《かた》くした。

救急車から白い隊員達が数人降りてきた。手際《てぎわ》よくキャスター付きベッドを押《お》すヒト。医療《いりょう》器具のカバンを持ったヒト。ベッドの母さんの脈をとったり、まぶたをめくったり診断《しんだん》するヒト。

でももうすでにダメだったようだ。キャスター付きベッドに乗せられた母さんは救急車へ運《はこ》び込《こ》まれ、何だかよく分からないうちに、獣《けもの》の唸《うな》り声《ごえ》に連れ去られるように遠ざかっていった。

僕《ぼく》の話をジッと聞いていたトキオは、

「きっと救急車が来た時にはもう、お母さんは逝《い》ってしまってたんだろうなぁ」

ボソッと言った。

僕らはしばらく黙《だま》って空を見ていた。

父さん、ジイチャン、バアチャン、親戚《しんせき》の人たちと一緒《いっしょ》に、花に埋《う》まった母さんが入った棺箱《かんばこ》を運んだような気がする。そして焼き場から帰る時は白い小さな箱になっていた母さんを、父さんが首から提《さ》げて両手で大事そうに抱《かか》えていた。

「きっとダンの母さんはお前に助けを求めたんじゃないと思う。母さんに残っていたアンペアをダンに見せてくれたんだよ」

　トキオが確信に満ちた声で言った。その言い方が僕を落ち着かせた。

「母さんを見届けたダンは、忘れ去るというお前だけのお葬式《そうしき》をしたんだろうな、きっと」

　トキオは宙を見たまま言った。

「僕はあの日からバカになっちゃったと思っていたんだ、今まで……」

「うん、ダンは母さんを忘れて、バカダダンになったのかもな、あははは」

　からかうように笑ってくれたから、つられて久しぶりに僕も笑えた。

50
100
A

7 アンペア　トウサン

冬の間じゅう枯《か》れていた庭が突然《とつぜん》金色に輝《かがや》いて見えた。雲間からつかの間、太陽が顔をのぞかせたのだ。しかも庭の隅《すみ》っこは枯れ草のかたまりがいつもより膨《ふく》らんで見える。目を凝《こ》らしたけどやっぱり膨らんで見えた。今まで気付かなかったこの小さな変化に誘《さそ》われて庭に降りてみた。

枯れ草の膨らみは、屋根みたいに地面をおおっていた。でも、あんなに黄金だったのに近づくといつもの枯れ草だった。福寿草《ふくじゅそう》は盛りを過ぎて、フキノトウが顔を覗《のぞ》かせていた。この季節になると毎朝、バアチャンがご飯に出してくれるフキミソの匂《にお》いだ。

陽射《ひざ》しに誘《さそ》われて布団《ふとん》から抜《ぬ》け出《だ》した母さんが花を眺《なが》めていたのは、トキオの話ではきっとこの辺りのはずだ。その花は何だったのだろうか。僕《ぼく》はいつの間にか母さんの足取りをたどっていた。

『コンニチハって挨拶《あいさつ》したんだ。そしたら、あら、トキオ君、コンニチハって、優《やさ》しく微笑《ほほえ》んでくれたんだぞ。ハズムのお友達ねって』

トキオの自慢気《じまんげ》な言葉にあった母さんみたいにしゃがんで、母さんの目線になって辺りをゆっくりと見回した。母さんに似合う花は福寿草《ふくじゅそう》ではないし、もちろんフキノトウじゃない。

枯《か》れ草《くさ》の群れをそおーっと押《お》し分《わ》けて顔を突《つ》っ込《こ》んだ。鼻の奥《おく》に湿《しめ》った黒土の黴《か》びた匂《にお》いが這《は》い上《あ》がってきた。母さんもこの匂いを嗅《か》いだかも知れない。

頭に数粒《すうつぶ》の土くれを載《の》せ、小指ほどの芽がひょっこりと顔を出していた。まだ陽の光を浴びてない根元は真っ白く、先っぽにいくほど真新しい黄緑色をしている。

黄色を透《す》かして薄《うす》い膜《まく》でおおわれた蕾《つぼみ》が二、三個膨《ふく》らんで、足元に一輪だけ膜を破いて、粉を吹《ふ》いた真新しい黄色の花びらが開いている。これはクチベニ水仙《ずいせん》だ。真ん

中に大口を開けて唱《うた》っている紅色の輪がある。

母さんはこの水仙《すいせん》をアルバムにはさんだんだ。

冬が終わって暖かくなると、毎年ここに咲《さ》くクチベニ水仙。いつも春の真っ先に咲いた。

母さんも手にとって見てたんだ。

僕《ぼく》は匂《にお》いを嗅《か》ぎながらその黄色に惹《ひ》き付《つ》けられていた。母さんが嗅いでいたのはこのクチベニ水仙に違《ちが》いない。

それでもやっぱり母さんの顔は浮《う》かんでこなかった。

でも、トキオの話やバアチャンの言葉をたどっている僕の中のどこかと母さんは、きっと繋《つな》がっていると思えた。土の世界をおおっている枯《か》れ草《くさ》の屋根を、そおっと元通りに直した。

しばらく辺りの樹木に集中していたら、弱々しいけど樹《き》の中を駆《か》け昇《のぼ》る水分の音が聞こえてきたような気がした。

今までうっとうしいとしか感じなかった庭。こんなにさまざまな植物の音で満たされていたんだ。

上へ上へと伸《の》びている樹の枝は勝手気ままに出ていると思っていたけど、見上げている樹が見えない決まりに従っていることに気付いた。枝の付け根を目線で繋いでいくと緩《ゆる》やかにねじれているのだ。そのクルクルに気付いた瞬間《しゅんかん》、六十アンペア。

トキオが教えてくれた、鉄を吸い寄せる不思議な磁力。トキオのノートに描《か》かれた渦巻《うずま》きを思い浮かべていた。ねじれながら成長している植物のアンペア——。

きっと地球自体が大きなひとつの磁石なんだ。飛び回る蝿《はえ》にも、蜂《はち》にも、渡《わた》り鳥《どり》にもこのクルクルの力を感じ取る力がありそうな気がしてきた。

僕はホースの先の水圧をちょっと強くして天に向け、雨粒《あまつぶ》ほどの大きさにした水滴《すいてき》を庭じゅうの樹に降らせた。

降り注ぐ水が、すべての葉っぱの表面を滑《すべ》りしたたり落ちる。葉っぱを流れ落ち、さらにまた下の葉っぱへと落ちていく水が、土へ申し送りをするように樹の根元へ染《し》み込《こ》んでいく。

目をつぶり耳を澄《す》ませていると、無数に重なり合う水音が滝《たき》になって立ち現れてくる。滝《たき》が消えかかるとまたホースを天に向ける。何度も何度も、繰《く》り返《かえ》しては幻《まぼろし》の滝を見ていた。また新しい楽しみができた。

牧場から久しぶりに帰ってきた父さんは元気そうだった。

「ハズム、いいもの見つけてきたぞ」

僕《ぼく》に手渡《てわた》してくれたズシッとする四角い包みは分厚い本だとすぐに分かった。父さんのお土産《みやげ》で、開ける前からこんなにドキドキしたことはなかった。

「なんだろ……」

僕は父さんの話なんか上の空だった。聞き流して包んであった新聞紙を剥《は》いだ。さらにちょっと薄《うす》い紙で包装してあった。現れたのは分厚い外国の本だ。表紙の大きな蝿《はえ》の絵が透《す》けていた。

「父さん、蝿だぁ。蝿だよ」

僕は珍《めずら》しく大きな変な声が出た。一気に血が頭に駆《か》け上《のぼ》り、もどかしく破くと予想通り図鑑《ずかん》だった。

蝿が表紙を飾《かざ》っている図鑑なんて見たことがない。

「なんて書いてるの、ここ」

「うーん、蝿のいろいろってコトかなぁ」

父さんはちょっと困り顔でごまかした。

「えー、これは凄《すご》い。蝿が主役になってるなんて」

夢中になってページをめくっていた。英語で書かれ、きれいな絵やカラー写真もふんだんに入っている本だった。

「ハズム、お前、白州《しらす》さんって覚えているか」

『シラスサン！』

外国の美しい蝶々《ちょうちょう》みたいな響《ひび》きに一瞬《いっしゅん》戸惑《とまど》った。白州先生のことを忘れるわけがない。でも、何だか照れくさくて思い出せないフリをした。

「え、だ、誰《だれ》だっけ？」

「獣医《じゅうい》さんだよ、牧場の牛たちを検診《けんしん》に来る大学の獣医の白州《しらす》さんだよ。前に一度会ってるだろ?」

「あ、あぁ…お、思い出した」

僕《ぼく》の答えを聞いて、ホッとしたように父さんの真っ黒い顔の歯が笑った。

「彼女《かのじょ》からハズムへ渡《わた》してくれって、預かってきたんだ」

「えーっ、と、と父さんがみみ見つけたんではないんだ。なーんだ、預かってきた郵便配達さんってことだね」

「ま、そういうことだけどな」

父さんとレストランへ行った時、先に来て待っている女の人がいた。うっすらしたお化粧《けしょう》にきれいな口紅の人だった。あの時喋《しゃべ》ったコトを僕は忘れていない。

「あ、あの時話した蝿《はえ》の話を覚えてくれていたんだあ、うれしいなぁ」

大きな赤い複眼。小さな二枚の翅《はね》で空中に停止したり、直角に曲がったり後ろへも変幻《へんげん》自在《じざい》な飛行技術をもっている、蝿。

大勢のヒトを乗せて遠くまで運ぶ飛行機や、月や金星や火星などはるか遠くを目指すロケットまで作る人間の技術でも、これほど小さくて自在な飛行物体は作れない。宇宙ロケットより凄《すご》い飛行昆虫《ひこうこんちゅう》の蝿は僕の憧《あこが》れなのだ。

そんな話を、僕は初対面の白州さんに夢中で喋った。でもイヤな顔なんてせずにニコニコとうなずきながら聞いていてくれたのだ。

「ハズム君は本当に蝿が大好きなのね、覚えておくわ」

と別《わか》れ際《ぎわ》に優《やさ》しく肩《かた》をポンと叩《たた》いてくれた。

父さんが牧場から降りてくる時は、たまにレストランに連れて行ってくれる。いつ頃《ごろ》からか、何回かに一度、女のヒトを僕に会わせるようになった。

でもそんな時の女のヒトはたいがい、「大きくなったら何になりたいの」とか、「ベンキョーは何が得意なの」なんて、学校の先生みたいなことを言い出すんだ。それを言われるとイヤになってしまう。初対面なのにあれがイケナイそれはダメだと、いちいち細かく注意するヒトもいた。

僕《ぼく》が布団《ふとん》を干したり掃除《そうじ》、洗濯《せんたく》の話をすると、「ま、お可哀想《かわいそう》に」とか大袈裟《おおげさ》なヒトにも困ってしまった。僕が楽しみでやっているのに。みんな父さんのお嫁《よめ》さん候補だった。その前に僕と上手《うま》くやっていけるかを下見しに来るんだろう。

僕は父さんが再婚《さいこん》することは全然、構わない。ただ父さんの牛の仕事をキチンと手伝えることが一番だ。僕が手伝えると一番イイんだけど、僕は学校に行かなくちゃならないし、何しろ牛が怖《こわ》いのだ。

でもどのヒトとも僕は気が合わなくて、父さんがトイレに行った隙《すき》とか、遊園地に行って父さんが切符《きっぷ》を買っている間とか、様子を見ようとわざわざ二人にされた時間に、僕はわざと嫌《きら》われることを言ったり、ちょっと気難しい子どもを演じた。

だからみんな二度目のレストランはなかった。父さんだってあんな女のヒトをお嫁さんにしちゃあ、また入院するに決まっているんだ。

僕が会った中ではダントツで白州《しらす》さんが一番だった。誰《だれ》にも漏《も》らしてはいないけど。彼女《かのじょ》は学校のことも将来のことも話題にしなかったし、さすがに獣医《じゅうい》さんらしく、僕の好きな生き物についての話をいっぱいしてくれた。

そして植物、動物、人が生まれてくることや、病気になったり、やがて必ず死んでいく不思議について。そして最後は僕が蝿《はえ》の話をした。あの時一回きりしか会ってないのに、僕の蝿好きを覚えていてくれたのだ。

「やっぱりなぁ。父さんにはこんなきれいな図鑑《ずかん》を見付けてくるセセ、センスはないからなぁ。すっごくうれしい。白州さんにまた会いたいな……」

「うん」

父さんはちょっと照れくさそうだった。父さんが照れくさがることはないのに。

「しーっ、父さん。さっきから僕の膝小僧《ひざこぞう》を、蝿が歩き回っているんだ」

「追《お》っ払《ぱら》えよ」

「だだ黙《だま》って見ててよ。図鑑を届けてくれたお返しに、いいもの見せるから」

僕はヤツに気付かれないように小声で言った。

その赤い複眼には僕がどう見えているんだろう。牛のフンや犬の鼻《はな》っ面《つら》やしっぽと同じに感じているのか。迫《せま》ってくる僕の拳《こぶし》が膝小僧と繋《つな》がっているなんてことは、ヤツにはどうだってイイことなんだ。

目の前に迫《せま》ってくるモノが、危害を加えるかどうかだけが関心事だ。ヤツは無数の目玉で逃《に》げ切《き》るギリギリの瞬間《しゅんかん》を楽しんでさえいるようだ。

僕《ぼく》は飛び立つ瞬間を迎《むか》え撃《う》ち、小指側の隙間《すきま》からすくい取る作戦だ。肩《かた》の力を抜《ぬ》いて気付かれないようにゆっくりと近づける。僅《わず》かな体温さえもヤツは感じているに違《ちが》いない。イヤ、感じたのか、突然《とつぜん》向きを変えてしまった。

『ウーン、悟《さと》られたかぁ……』

後ろから追う格好になって、僕には不利な体勢だ。でも僕が身体《からだ》の向きを変えている時間はもうない。

『今だ！』

飛び出したヤツを、僕の拳《こぶし》はカエルの舌より素早《すばや》く捕《と》らえた。小指にコツッと小さな重力を感じた。行く手を阻《はば》まれたヤツはワンバウンドして拳の筒《つつ》におさまった。

「捕《と》った……」

僕の掌《てのひら》の中で大慌《おおあわ》てで羽ばたいている。僕の勝ちだ。

高速の羽ばたきを支える蠅《はえ》の筋肉には、相当なアンペアが流れているはずだ。百アンペアは出ているかも。

「おおお、どうしたんだ」

父さんは、今の早業《はやわざ》に気付かなかったようだ。

「どうしたんだ、え、何があったんだ、ハズム」

父さんはただ僕と拳を見比べている。

潰《つぶ》さないように捕らえるのがヤツへの敬意ってものだ。
一、二、三。小指の方から開いていき、そっと放してやる。ダメージを最小限にするための僕が決めた三秒ルールだ。
「アレーッ、捕《つか》まえていたんだ」

父さんは素《す》っ頓狂《とんきょう》な声を出した。

中指と人差し指の間からヨタヨタと飛び立った。頭部を低くお辞儀《じぎ》をするような格好で前足を揃《そろ》え、突《つ》き上《あ》げた腹部から羽にかけてを後ろ足で掃除《そうじ》している。『ヤレヤレ　アブナカッタ』という具合だ。

危機一髪《ききいっぱつ》だったヤツはまた僕《ぼく》の足首に止まって挑発《ちょうはつ》するけど、僕はもう無視する。

「凄《すご》いワザでしょう。でも蠅《はえ》は凄いよなぁ」

僕は友達を自慢《じまん》するように父さんに言った。

「確かに飛び方は五月蠅《うるさ》いというぐらいで、しつこいしすばしこい。でもバイ菌《きん》を連れ回す悪いヤツでもあるんだぞ。ハズム、手はよく洗えよ」

父さんは笑いながら言った。

「でも蠅自身はバイ菌で死んだりしないし、バイ菌を振《ふ》りまこうとは思ってもいないのさ」

と返した。

「お前は本当に蠅が好きなんだな」

「赤い大きな目も、緑味がかった金色に光る背中もきれいじゃないか」

呆《あき》れ顔《がお》の父さんはそれ以上何も言わなかった。

晩《ばん》ご飯は、バアチャンが五目寿司《ずし》や魚の煮付《につ》けなどを作ってお膳《ぜん》の上をいっぱいにした。みんな父さんの好物だけど、特に、裏の小さな畑でバアチャンが作ったラッキョウを、特製の味噌《みそ》をつけて食べるのがお気に入りだ。ジイチャンや父さんがあまりうまそうに食べてるから一度だけ口にしたことがあるけど、僕にはどこが美味《おい》しいのか分からなかった。

「やっぱりうまいなぁ、これを喰《く》うと、家に帰ってきたって実感するよ」

家に戻《もど》ってジイチャンやバアチャンと食卓を囲んで安心したのか本当にうれしそうだ。しみじみとした顔でラッキョウをパリッと音をさせて、父さんはうまそうに酒を呑《の》み始《はじ》めた。

僕は壁《かべ》に寄りかかって座《すわ》り図鑑《ずかん》に見入っていた。

だんだん酔《よ》っぱらって上機嫌《じょうきげん》になった父さんは、牛がますます高く売れるようになったことや、忙《いそが》しいけど経営がうまくいってることを自慢気に喋《しゃべ》っている。ジイチャンは箸《はし》をなめながら満足そうな顔で一緒《いっしょ》に酔っていった。

酒を呑《の》んで喋《しゃべ》っている大人たちの話はワケが分からないけど、父さんはやっぱり親を安心させようとしているのだろうなぁと思う。ジイチャンとバアチャンと僕《ぼく》の三人がちゃんとご飯を食べていけるのは、牧場で牛を育てている父さんのお陰《かげ》なのだと、バアチャンからいつも聞かされている。

「お前の特別な方法はうまくいってるのか」

ジイチャンが聞いた。

「ウン、風でイイ水を作ってうまい牛を育てる俺《おれ》たちの方法は正しかったんだな。俺が設計した風車で発電して水をイオン水に換《か》えたり、やっと牧場全体のエネルギーを賄《まかな》えるようになったんだ」

父さんの顔は酒で上気してるせいもあるけど、今までになく自信に満ちていた。

父さんは、ジイチャンに酒を注いだ。

「そりゃよかったナァ、貴美恵《きみえ》もきっと喜んでいるだろうよ、きっと。あの時はまだやっと十頭になったりならなかったりでな……」

貴美恵というのは母さんだ。ジイチャンに誉《ほ》められた父さんは、うつむきながら何度もうなずいている。

「風で育てる牛は貴美恵が『風牛《かぜうし》』とネーミングまでして、楽しみにしていたんだよなぁ」

父さんはぐいっと酒を呑み干し、またうつむいた。顔を上げた父さんの目は少し赤くなっていた。そんなやり取りを、僕は黙《だま》って聞いていた。

僕のアンペア・メーターはトキオが作ってくれたけど、アンペアを起こすのは僕が自転車をこぐ力だ。母さんが考えた風牛を育てるのは風のアンペアなのだ。思い出せなかった母さんと、もっと強く繋《つな》がったような気がして、ヘソの辺りがほっこり温かくなった。

僕は「アンペアのうた」を身体《からだ》の奥《おく》で口ずさみながら図鑑《ずかん》のページをめくった。

「ハズム、ビンボー揺《ゆ》すりはやめろ」

父さんが僕に注意した。

「ビビビンボー揺すりじゃないよ。アアアンペアのうただよ」

僕だけの替《か》え歌《うた》をビンボー揺すりなんて、心外だ。

「その図鑑《ずかん》は白州《しらす》さんが買ってくれたんだ、よかったなぁ」

父さんは酔《よ》ってくると同じコトを何度も言う。面倒《めんどう》だからただうなずくだけだった。

「どうなんだ学校は、えーっ。ハズム、将来は何になるんだ」

酔っぱらうと父さんもただの大人だ。僕《ぼく》はお愛想《あいそ》に笑ったけど返事はしなかった。

「ダメさぁ、ハズムは。ウチベンケイでよぉ」

黙《だま》っている僕に代わって、すっかり酔いが回っているジイチャンが答えた。

会話の合間を繋《つな》ぐ意味のないゲタゲタ笑いも、だんだんドラ声になっていく。大人の酔っぱらいの大声は、犬の唸《うな》り声《ごえ》を思わせて好きになれない。

そんなことより白州さんのコトを早くジイチャンに話せばいいのに。父さんにはもったいないくらい若いしきれいな人だ。

記憶《きおく》から消えた、風で育てる牛を考えた母さんと、図鑑を贈《おく》ってくれた優《やさ》しい白州さんが、僕の中で重なっていた。

珍《めずら》しい種類の蝿《はえ》や昆虫《こんちゅう》を植物や建物などと組み合わせ、細かな線で描《か》かれた絵は何度見ても飽《あ》きなかった。指先でソッとなぞると、銅版画の上からうっすら絵の具で色を着《つ》けたあとが、ざらざらと伝わってきた。

図鑑の説明文はチンプンカンプンな外国語だけど、美しい絵を見ているだけで大満足だった。

「この図鑑スゲーよ。父さん、僕はもう牧場のお土産《みやげ》の牛の縫《ぬ》いぐるみとか、バター飴《あめ》はいらないからね」

つっかえないですんなりと言えた。

「そうか、わかった。でもハズムなぁ、写真や絵を見るのも大切だけど、ベンキョーして説明文も読めるともっと面白《おもしろ》いぞ」

酔っぱらうとやっぱりこれだ。

そんなことより白州さんとまた蝿のコトをもっと話したい。そっちの方がどれだけ楽しいか。蝿だけじゃなく生き物について、そして僕が生きてるという不思議について。アンペアのことだって。

父さんはもしかしたらフラれるかもしれない。そしたら父さんには悪いけど、僕一人でも会いに行きたいと思った。

庭で蝿《はえ》の図鑑《ずかん》を見ながらうとうとしてゴザに押《お》し付《つ》けた耳に、

ジィーンジュイージュジュ……。

小さな小さな音が聞こえてきた。地虫みたいだけど、成長する蔓《つる》や新芽が水を吸い上げる音にも聞こえた。地表の緑は活動し始めて間もないけど、地中には植物の活動を支える力が満《み》ち溢《あふ》れているのだ。

どうして植物は真っ暗な地中で地面の方向が分かるのだろう。そして秋になったら枯《か》れてしまうんだろう。

『目には見えないけど確かに在るモノ……』

植物のクルクルの力についてトキオに話したことがあるけど、興味がないのか、会話はちっとも盛り上がらなかった。

うとうとしていると近所の朝が遠くに聞こえていた。

「リカ、出掛《でか》ける前に、ベゴニアとペチュニアを外に出して水をやるのを、忘れないでね」

ちょっとヒステリックに叫《さけ》んでいるのは向かいのおばさんだ。藤《ふじ》の太い根っこと生《い》け垣《がき》の間から、見たいわけではないけど向かいの様子が丸見えだ。リカというのは二人姉妹の上の方だ。休みになると遊びに出掛けるリカとは、いつも母子《おやこ》ゲンカだ。

『母さんの顔も思い出せないけど、母さんの声もほとんど覚えてないなぁ……』

カツカツカツ……。

大きな爪《つめ》がアスファルトを掻《か》く音がして、目の前の通りを黒くて大きなラブラドルレトリバーが、影《かげ》のように走り去った。

ジャラジャラジャラジャラ……。

鎖《くさり》が面倒《めんどう》くさそうに後を付いていく。

「ラッシー、待てっ……」

ズッツズッツ……。

かかとを潰《つぶ》したスニーカーが洟《はな》をすする音をさせ、クリーニング店のタダシが追っかけていく。

僕《ぼく》はゴザの上に拡《ひろ》げたノートに蝿《はえ》の絵を色鉛筆《いろえんぴつ》で描《か》き写《うつ》していた。僕の姿は通りかからは見えないけど、隣近所《となりきんじょ》の家族の声がにぎやかに聞こえてくる。

ジイチャンがこの家を建てた時は、この辺りにまだ数軒《けん》しかなかった家もだんだん立《た》て込《こ》んで、今では山のテッペンを目指し始めたんだとバアチャンが言っていた。

庭の南東にある小さな藤棚《ふじだな》へ移動する。藤棚と言えたのは去年の秋まで。天井《てんじょう》の棚を支えていた腐《くさ》った柱二本が、台風であっさり折れてしまった。音をたてて崩《くず》れた棚が二等辺三角形の犬小屋ほどの隙間《すきま》を作った。三角の隙間にゴザを敷《し》き詰《つ》め寝転《ねころ》がって、空を見上げるには絶好の空間になった。

五基の白い風のプロペラが回っている。三角を透《す》かした空をぼんやりと眺《なが》めていると、港の方からわき上がった雲にうつらうつら眠《ねむ》くなってきた。まぶたの上を、雲の影《かげ》がまだらに流れていく。零《ゼロ》に下がっていく僕のアンペアに身を任せた。

8 アンペア

シュウジ

父さんのお下がり自転車は真っ黒な車体だ。ぶっといタイヤがメチャクチャ重い。荷台も大きな正方形で誰《だれ》のとも違《ちが》った無骨な走る機械は、どこへ行く時も頼《たの》もしい僕の足になっている。家に帰ったらボロ布で泥《どろ》を拭《ふ》き取《と》り、油を差して磨《みが》いて物置に仕《し》舞《ま》うのだ。

三角乗りで一人、出掛《でか》けようと思っていたら、

「おーい、ハズム、自転車……」

父さんが物置の方で何か叫《さけ》んでいる。アンペア・メーターを見付けてたまげているんだろう。弁当箱を不思議そうに眺《なが》めている父さんを想像して、笑いを堪《こら》えながら階段を降りた。やっぱり物置の前で首を傾《かし》げた父さんが自転車を見つめていた。

「なんだ、弁当箱に変なメーターが付いてるぞ」

父さんが指先でコツコツと突《つ》いているコバルトブルーの箱が、鮮《あざ》やかな空を切り取ったブロックに見えた。

「トキオに付けてもらったアンペアだよ。おしゃれでしょ」

「おしゃれって言われてもなぁ」

父さんは呆《あき》れながらも、目はメーターに釘付《くぎづ》けだった。

「このクルクルがアンペアを感じ取るコイルなんだよ。生きてる量をはかるメーターなんだ。僕《ぼく》とトキオの間だけ流行《はや》ってる、アンペア遊び」

「クルクルって…生きてる…アンペア…量?」

父さんはますますワケ分からないという顔だ。

「今、やってみせるよ。メーター見ててよ」

僕はダイナモの可動部を後輪のタイヤの側に倒《たお》し、スタンドをかけたままペダルに右足を載《の》せて、三角乗りの体勢でペダルをこぎ始めた。ダイナモが回り始める軽い摩《ま》擦感《さっかん》があって、アンペアの針が動き出す。

「ほらほら、僕がこぐ足に合わせて針が動き出したろう。僕のアンペアだよ」

父さんに自慢《じまん》したい気分。十五アンペア。

「ありゃま。弁当箱がスピード・メーターになっているんだ」

父さんはメーターを指差している。

「スピードなんかじゃない、生きてる量だよ」

「しばらくぶりで山から降りてくれれば、ワケの分からんことばかりだわい」

父さんに構わずこぎ続ける。

「オーッ、そのエネルギーが上がっていくぞ」

父さんは真顔で調子を合わせた。

「父さんもやってみる?」

イヤイヤと手で辞退した。

「生きてることなら毎日毎日、牧場にいればイヤというほど実感しているさ。遊んではいられないんだ」

間もなくまた牧場へ戻《もど》っていく父さんは、ペダルを踏《ふ》み続《つづ》ける僕に合わせてメーターの針が振《ふ》れても、それ以上面白《おもしろ》がりはしなかった。大人には理解できないんだろう。

「僕《ぼく》、カスミ公園に行ってくる」

父さんはこんな強い風の中をどこへ行くんだという顔で呆気《あっけ》にとられていた。僕は構わず自転車を引き出し、三角乗りで風の中にこぎ出した。

「風が強いから気ぃ付けて行けよな」

リンリンリンリンリン。

振《ふ》り返《かえ》るとバランスを崩《くず》しそうだから手元のベルだけで返事した。なだらかな波止場通りに出た。無骨な大人の自転車と僕の身体《からだ》が一体になったようで、僕は三角乗りがいっそう上手《うま》くなった気がした。

早朝は近海の漁から戻《もど》ってきた漁師の舟や、トラックや市場関係者の車で少しにぎわうけど、昼過ぎたら人気のない静かな通りになってしまう。広い産業道路に面したケヤキの樹が見えたら左折、カスミ公園の入り口だ。

突風《とっぷう》が吹《ふ》き付《つ》けるたびにハンドルが左右に振られて、ウッカリすると車道の真ん中へ持って行かれそうになる。三アンペアから零《ゼロ》を行ったり来たり振れる赤い針は、今日の風のアンペアだ。

角を曲がると小さな下り坂になっていて、ペダルを踏《ふ》まなくても加速でスピードが上がった。僕の頬《ほお》を掠《かす》めていく風の速度に対して、メーターは零のままだ。

『これはスピード・メーターではなかったんだ』

スピード感にはなんの反応もしない針に、最初は戸惑《とまど》いながらも愉快《ゆかい》だった。

『この楽ちんの生命の量は零ってことか』

ペダルを踏まなければ電気は起きない。スピードは自転車の車体の速度だ。トキオが作ったアンペア・メーターは、ヒトの運動が作り出す電流を読み取る装置なんだ。

青い弁当箱に僕のエネルギーがどんどん詰《つ》まっていくようだ。

トキオが一生懸命《いっしょうけんめい》、力説してた「見えないけど確かに在るモノ」。

気が小さくて苦手なモノだらけの僕の中にも、アンペアは確かに在るんだ。

カスミ公園は公民館とラムネ工場の間にある細長い隙間《すきま》だ。ブランコがふたつ、その奥《おく》に滑《すべ》り台《だい》と懸垂《けんすい》の鉄棒があるだけで、公園とは名ばかりのしょぼい箱庭のようなスペースだ。地震《じしん》や津波《つなみ》などの緊急避難《きんきゅうひなん》場所になっているらしいが、この公園がどうしてカスミというのかは正確には知らない。

トキオが言うには、単に香住《かすみ》町という町の名前からきてるらしい。確かにどうだっていい霞《かすみ》のような隙間だ。でもここは僕《ぼく》とトキオには絶好の遊び場だし教室になっている。

滑り台の奥《おく》には太いケヤキがそびえて、公園の周りにはグルリとプラタナスが植わっていた。大きく拡《ひろ》げた掌《てのひら》で空をかき混ぜている。カラスが横になりながら飛んでいった。流されたたって感じだ。

ラムネ工場の屋根から角が三本突《つ》き出《だ》して見えるのは造船所の巨《おお》きなクレーンだ。そっち方面が海で、強風注意報が出ている今朝はクレーンが全部止まっている。いつもならサイレンを鳴らし合いながら、まるで巨大な怪鳥《かいちょう》が何かを狙《ねら》ってるみたいに首を振《ふ》り回《まわ》している。

カスミ公園を利用するのは、ケヤキを寝床《ねどこ》にしているカラスや、野良猫《のらねこ》が日向《ひなた》ぼっこしてたりする程度で、憩《いこ》いに来る人はほとんど見掛《みか》けない。それでもハゲッチョロけた芝《しば》に、「はた迷惑《めいわく》なボール投げはやめましょう」とか「芝《しば》に入《はい》り込《こ》まないように」とか「自転車の乗《の》り込《こ》み禁止」などの注意書きが立っている。

トキオは「こんな立て札は誰《だれ》が読むんだ」と完全無視だった。僕《ぼく》もそれに倣《なら》っていた。というよりこんな看板を読む人さえ来ない。芝を走るわ、三角乗りで走り回るわ、僕ら専用の遊び場になっている。

三角乗りのバランスを崩《くず》すほど、ますます強くなる風に煽《あお》られ始めたから、押《お》し歩《ある》きで公園に向かった。アンペアの針は零《ゼロ》に留まる事が多くなってきた。

入り口まで来た時、ジャラジャラと鉄の鎖《くさり》がこすれる音が風に運ばれて聞こえた。ブランコに乗った透明《とうめい》人間が乱暴にぶつけ合ってふざけている。鎖を引きちぎってどこまでも飛んでいきたそうな座板の激しいダンスだ。いつも公園近くにたむろっているカラスの群れも、今日の風には歯が立たないのかどこかに隠《かく》れているようだ。

僕は強い風の中で走り去る速い雲を見上げた。

太陽と重なった瞬間《しゅんかん》、金色に縁取《ふちど》られた雲の縁に、まるでそこに何かが在るようにさえ思えた。それを悟《さと》られまいとして雲はたちまちちぎれては飛び去っていく。

ジジジジジジジ……。

飛んできて後輪に貼《は》り付《つ》いた新聞紙が奏でる音だ。

キキィーッ。

公園の入り口のところで歯が浮《う》きそうな金属がこすれる音がした。格好いいマウンテンバイクが止まった。

「よー、ダダン。何してるんだよ」

こっちを見ているミラーのサングラスはシャツのボタンを留めずに裾《すそ》をヒラヒラさせている。サングラスを取ったその顔は修二《しゅうじ》だった。ホームルームのあの時間、隣《となり》の町にある私立中学を目指していることを自慢気《じまんげ》に発表していた嫌《いや》みなヤツだ。彼《かれ》がどんな将来を目指そうが、どんな職業に憧《あこが》れようが僕《ぼく》には全く興味がなかった。世界で一番会いたくない人間が、なんでまた。

「そそ空を見ているんだ、だっ」

つっかえてしまった。

「空に何があるんだよ」

彼《かれ》も見上げた。

『ヤツにはただの風の強い曇《くも》り空《ぞら》にしか映らないだろなぁ』

挨拶《あいさつ》代わりに「どこへ行くんだ?」程度のことを聞くつもりだった。

「ドドコドコドー」

やっぱり、もつれてしまった。放《ほう》っておけばよかったんだ。

「ゆっくりゆっくり、ダダン」

修二《しゅうじ》が見下すように言う。

『そんなこと、言われなくても分かってる』

僕が黙《だま》っているのをイイことにして、

「でもさ、ゆっくりしてると、将来がどんどん過ぎちゃうんだよね」

彼はいつだって上から目線だ。

口の奥《おく》から酸《す》っぱい唾液《だえき》がこみ上げてきた。空の話題だけで済ませておけばよかった。

どうだっていいことを聞こうとした自分に腹が立ちすぎて笑いそうになったから、もつれる舌を歯の裏に押《お》し付《つ》けた。

悔《くや》しい気持ち、九十五アンペア。

自由時間をボンヤリしてるようではすでに負けているという考えの彼から見れば、僕みたいなタイプはイラついてくるんだろう。

僕の中にはもう一人の僕がいて、僕はそいつに話しかけてはそいつの答えを待つ。それを繰《く》り返《かえ》しているから時間が掛《か》かってしまう。そいつはいつだってスラスラ喋《しゃべ》るのに、それを僕が口に出そうとすると、なぜか機《き》関銃《かんじゅう》のようになってしまうんだ。

『勝ったり負けたりは運動会だけでいいんだ。放《ほう》っておいてくれ』

もう一人の僕はこんなに頼《たの》もしいヤツなのに。

サングラスの片方のツルをくわえた修二《しゅうじ》は、

「塾《じゅく》の新学期を申《もう》し込《こ》みに行くとこなんだ」

聞いてもないのに言う。僕《ぼく》は無視して、フレームにこびり付いている乾《かわ》いた泥《どろ》のカタマリを爪《つめ》ではがしていた。

「ハンドルに載《の》っかっているその弁当箱はなんだよ。あっ弁当箱に自転車が付いているのか、ははっ」

しつこくまだからんでくる。

「ア・ン・ペ・アだよ」

僕はできるだけゆっくり言った。

「えっ、アンペアなんて付けて何の役に立つんだよぉ」

修二は皮肉っぽい笑いを浮《う》かべて首を傾《かし》げる。

『いちいち理由なんてあるものか』

「フレミングの、左手の法則…だっ…よ……」

語尾は危なかったけど何とか滞《とどこお》りなく言えた。

「フレミング…左手……」

修二は思いがけない僕の口調に戸惑《とまど》ったのか、口の中でブツブツと呟《つぶや》いていた。きっと知らなかったことが屈辱《くつじょく》なのだろう。

僕はもう一度トキオからの受け売りを言いながら、フレミングの左手を突《つ》き出《だ》した。中指で修二を指し、人差し指は左九十度の造船所の方角を指した。彼《かれ》は人差し指を目でたどり、気味悪そうに口元だけで笑った。

「なンだそれ」

「これがアンペアだよ」

僕はいっそう突き出してやった。彼を指す格好になった中指を、修二は何かのまじないと勘違《かんちが》いしているようだ。

力の方向やクルクルの力、アンペア。わかってたまるもんか。

「見えない世界の仕組みだよ」

自分でもビックリするほどスンナリと、今度は完全に突き放してやった。修二もアレッとちょっと首を傾《かし》げ、サングラスを掛《か》け直《なお》した。

「フラミンゴによろしく」

彼《かれ》は忙《せわ》しなく自転車にまたがり、トンチンカンなコトを言い残し走り去った。

「フレミングだよ」

と修正してやったけど、もう彼には聞こえなかったと思う。シャツさえ高飛車にひるがえった修二《しゅうじ》の後ろ姿は、たちまち漁具屋の角を曲がって消えた。僕《ぼく》はまた空を見上げた。

9 アンペア

ゲンビイサン

鼻先に感じていた修二が起こした小さな風の渦巻《うずま》きを、強くため息を吹《ふ》きかけて飛ばした。

『どうしてアイツは、あんなに急ぐんだろう、急ぎ過ぎなんだよ』

トキオを見送った時とは明らかに違《ちが》う、不安に似た気分がわいてきた。

無駄《むだ》だと思ったけど彼が漁具屋の角に消えた時、

「右に曲がる時、気ぃ付け…」

遅《おそ》かった。予測していても、ヒトが鉄にぶつかる時は痛いイヤな響《ひび》きがするものだ。

僕も自転車に飛び乗った。たちまち三角乗りは十アンペア。

漁具屋の角を曲がった先の歩道にヒトがうつ伏《ぶ》せに倒《たお》れていて、痛い予感の光景が散らばっていた。

そこらじゅうにスーパーのビニル袋《ぶくろ》の中身が転がっている。人通りのない歩道に豆腐《とうふ》が一丁グシャリ。サンダルが車道まで飛んでいる。倒《たお》れているオジサンのものだ。辺りを見回すと、ズボンから出したシャツの裾《すそ》をヒラヒラさせ全力で疾走《しっそう》する自転車が、もうひとつ向こうの角に消えていくところだ。他《ほか》に誰《だれ》も見当たらない。まさか……。

このオジサンを突《つ》き飛《と》ばし、必死に逃《に》げていく修二《しゅうじ》の後ろ姿は、見苦しいほどカッコ悪かった。

「あ、あ、しゅ、しゅうじ、止ま……」

今さら修二を捕《つか》まえようという気はないし、そんな犯人捜《さが》しに関心はない。ただ目の前に倒れているオジサンを早く何とかしないと。バカヤローめ、修二のヤツ。

「オ、ジサン」

声を掛《か》けた。何の反応もない。死んだのかなぁ。

「オジ、サアアアン」

大声にビブラートが掛かった。

『やっぱり死んでる』

うつ伏《ぶ》せに倒れているオジサンのひび割れた踵《かかと》が小さく動いた。

『オッ、生きている』

呻《うめ》き声《ごえ》が聞こえたような気がして、近づけた耳にこもった声がした。

「チキショー、足をひねっちまったようだな」

道路にうつ伏せのままオジサンは、自分の足首を確かめるようにゆっくり回してる。それからおもむろに石畳《いしだたみ》に手を突《つ》っ張《ぱ》って上半身を起こした。日に焼けボサボサの白《しら》髪《が》オジサン。どこかで会ったような気がした。人違《ひとちが》いかもしれないけど、思い出せない。

「だ、だ、だ、大丈夫《だいじょうぶ》ですか」

「倒れてる俺《おれ》に向かって、大丈夫ですかとは何事か。見て分からんのか、バカモノが」

恐《おそ》ろしいほどの大声に僕《ぼく》は縮み上がった。目は僕を貫《つらぬ》くような鋭《するど》い光を放っていた。こんな生き生きした大人の目など見たことがない。確かに言う通りだ。

「す、すみません」

謝《あやま》るしかなかった。トキオの時も、そうだった。不用意に掛《か》ける言葉は相手を却《かえ》って傷つけたり、怒《おこ》らせてしまうのだ。

車道にまで散らばっているサンダルや財布《さいふ》を急いで拾い集めていると、どんよりした空を映してるミラーグラスがあった。

『修二《しゅうじ》のだ』と思った時、

プアプアプアア――。

近づいてくるクラクションに気付き慌《あわ》てて歩道に逃《に》げた。ワンボックスカーが通り過ぎた。骨を潰《つぶ》すような乾《かわ》いた音がして、どんより空がアスファルトに粉々に飛び散った。

朝より風が弱まっていた。ここからもゆうゆうと回っている白い風車が見えていた。その場にまだ座《すわ》り込《こ》んでいたオジサンの足に、サンダルを履《は》かせた。

「お前はさっきの小僧《こぞう》じゃないな」

「い、い今、通りかかっただけで、で」

修二のことは言わないでおこうと決めていた。

「痛む所は……」

「すっ飛ばして来やがって後ろからぶつかりやがった。野郎もそこでひっくり返ったけど、あのガキ、謝りもしないばかりか、こっちを睨《にら》みやがって舌打ちしてそのままトンズラだ、チキショーめ」

「……」

「もう、大丈夫《だいじょうぶ》だ、あのステッキをとってくれ」

僕《ぼく》は思わず両手で捧《ささ》げて渡《わた》した。それが可笑《おか》しかったのか、

「俺《おれ》は王様じゃないんだ」

と受け取り笑った。杖《つえ》を使って立ち上がった。意外と小さなオジサンだ。

「び、病院に行きましょうか」

つっかえないようにゆっくり訊《たず》ねた。

「うん、足首以外は大したことないようだ、アタタタ、やっぱし歩くとイカンなぁ」

散らばっていた買い物のカップラーメンやおにぎりを拾い集めたビニル袋《ぶくろ》をオジサ

ンに手《て》渡《わた》した。

「ありがとうよ。ところで、小僧《こぞう》。オレを送ってくれないか」

オジサンは僕《ぼく》を小僧と呼んだ。

「い、い、い、い、いいですよぉ。自転車の後ろに乗って道、教えてください」

「おーっ、そうか。ありがてー。デカい荷台でこりゃいいや」

不格好な荷台が初めて誉《ほ》められた。

「ここからそう遠くないんだ、トリフネ造船所って知らないか、この辺りじゃ、ちょっとした造船所だぞ」

「し、し、知ってる、えーっ、あのトリフネ……」

「知ってるのか、少年。そりゃイイや」

「僕、よく行くんです」

「この道を行くと近道だ。突《つ》き当《あ》たりを左に曲がるんだ」

「僕はときどき、あの造船所に船を見に行くんです。トリフネ造船所」

「そりゃ都合がいい、じゃあ造船所まで頼《たの》むぞ」

荷台に座《すわ》ったオジサンは僕の肩《かた》をポンと叩《たた》いた。

「しゅ、しゅ出発っ」

ペダルに足をかけ地面を蹴《け》った。三角乗りでヒトを乗せるのは初めてだった。これでひっくり返ったら、それこそとんでもないことになる。ものすごく緊張《きんちょう》したけど深呼吸を二つ三つ。

こんな時は蝿《はえ》との三秒ルールと同じでまず肩の力を抜《ぬ》くこと、後はためらわない勇気だ。最初の二、三蹴りはハンドルが左右にぶれ、アンペアの針は零《ゼロ》の辺りで不安そうに震《ふる》えた。

「おいおい、危ないじゃないか、大丈夫《だいじょうぶ》か。小僧」

加速がついたら青い弁当箱のメーターも立ち上がってきた。だんだん車体が安定した。

「もう、大丈夫です」

僕は肩越《かたご》しにオジサンに言った。

「おー、頼《たの》んだぞ」

僕《ぼく》のベルトの両側に軽く差《さ》し込《こ》んだオジサンの指の力から、こんな僕を信頼《しんらい》していることが伝わってきた。知らないオジサンと緊張《きんちょう》もしないでこんなに喋《しゃべ》ったことは、今までなかったことだった。

陽射《ひざ》しが出てきて、山のテッペンの風の塔《とう》が見えてきた。のそのそと牛みたいな自転車が走る。せわしなく針が行ったり来たり震《ふる》えている。

陸に揚《あ》がった朽《く》ち果《は》てた廃船《はいせん》や、漁船の竜骨《りゅうこつ》が見えてくる頃《ころ》だ。

「オジサンはトリフネ造船のヒトですか」

「うん、でももう……」

何か言いにくそうだ。僕は細かいことは分からなかったけど、何か聞いたりすればまたオジサンの怖《こわ》い声で後ろから怒鳴《どな》られそうで、黙《だま》っていた。

ビビってちょっと足が止まった。アンペアが途端《とたん》に零《ゼロ》に戻《もど》っていく。慌《あわ》ててまたこぎ出す。

近海の小型漁船を造っているトリフネ造船所に初めて来たのは小学二年生の図画の時間だった。

魚の骨みたいな太い竜骨が両側から丸太で支えられて立っていた。湾曲《わんきょく》した肋骨《ろっこつ》みたいなリブが左右に張り出していた。グルリと組まれた足場でたくましい大人たちが分厚い板を押《お》し当《あ》てては、大きな釘《くぎ》で打ちつけていた。なだらかな舳先《へさき》や船尾《せんび》の曲面ができ上がっていく様子を、時間が経《た》つのも忘れて眺《なが》めて絵を描《か》いた。

それからも嫌《いや》なことがあったり、いろいろ考え事をしたりする時は、必ずここで過ごしていた。大きな船ができ上がっていき、修理されていく様を見ていると、僕まで新しくなっていくようだった。

今までだったら、この辺りまで来ればあの力強い竜骨が見えていたのに、今日のトリフネ辺りの景色にはそんな力を感じない。造りかけの船や、修理中の船さえ見えないし、働く大人たちの姿もない。

妙《みょう》にがらんと片付いて、いっそう広く見える作業場だ。僕は叫《さけ》んだ。

「オジサン、トリフネ造船がなんだか元気ないねぇ」

いつもなら雑然と積み上げてある漁船の残骸《ざんがい》も、今日は整理されていて活気を感じなかった。

「造船所はもうすぐなくなるんだよ」

オジサンの声にも力がなかった。

「えっ、じゃあもう船は造らないんだ」

「このまま造船所を引《ひ》き継《つ》いでくれるとイイんだが、それは分からないんだよ」

僕《ぼく》は正門を入ってすぐの［トリフネ造船所］と大書きした大扉《おおとびら》の前で自転車を止めた。

「ちょっと見ていくか、小僧《こぞう》」

オジサンは荷台から飛び降りた。

「あたたたた〜あ。足を痛めてることを忘れていたわい」

叫《さけ》びながらも、杖《つえ》を使って上手《うま》く着地した。

しかも彼《かれ》は杖を僕に向け身体《からだ》の正面に構えている。まるでチャンバラ映画で見た剣《けん》士《し》のようだった。髭《ひげ》をはやした大の大人がチャンバラの真似《まね》をするなんて。

『あれれ、僕が何か……』

小心者の僕は、杖を向けられてただおたおたするばかりだった。それにしてもこんな大人がいるなんて。変わり過ぎている。背は僕とそう違《ちが》わないけど、本当に大きく見えた。不思議なオジサンだ。

「あ、足は、だだ、大丈夫《だいじょうぶ》で……」

「見ての通りだ。こんな時はだなぁ、大丈夫ではなく、お見事！　って言うんだよ」

オジサンはちょっと笑った。

「お、お、お見事」

「そうそう。でも恩人をいつまでも小僧呼ばわりじゃなぁ。名前はなんてぇんだ、コゾーは」

「僕は岩浅弾《いわさはずむ》です。弾丸《だんがん》のダンって書いて、ハズムって読むんだ。みんなはダンって呼んでます」

「おー、勇ましいじゃねーか」

「でも、僕は喋《しゃべ》る時つっかえてしまうからダダンって呼ばれることが多いんだよ」

「ダダンか、数撃《う》ちゃ当たる下手《へた》な鉄砲《てっぽう》だよ。一発必中の面打ち、ダンでいいじゃねえか」

オジサンは髭面《ひげづら》をクシャクシャに崩《くず》して言った。トキオ以外に、僕《ぼく》に味方する意見のヒトはあまりいない。

「ダン。じゃあ送って貰《もら》った代わりに、トリフネの中を案内するから見ていけよ」

「あ、見たい、見たいです」

ちょっと変わっているけど面白《おもしろ》いオジサンだ。他所《よそ》の大人にダンとあだ名で呼ばれてみるとうれしくなった。

「その辺で少し待っててくれ。今日は誰《だれ》もいないから、少し片付け仕事が残っているんだ」

「この辺を見て回ってもいいかい」

「普段《ふだん》は危ないから入っちゃダメだけど、今日は臨時《りんじ》休業だ。気を付けて歩け」

言い残してオジサンは大扉《おおとびら》の隅《すみ》を切《き》り抜《ぬ》いた小さな出入り口から中に消えた。僕は広い構内をゆっくり見て回りオジサンが出てくるのを待つことにした。

閉めてある屋内作業場の大扉の下から続く二本のレールは、ゆるい下り坂を海の中へと真《ま》っ直《す》ぐに消えている。

屋外の作業場は大きなすり鉢《ばち》みたいだ。そのど真ん中を突《つ》っ切《き》っているレールは、作業の台車の上で新造船を造って進水式で海に送り出したり、修理する漁船を載《の》せた台車を海から引《ひ》き揚《あ》げたり、大事な役目を果たしている。普段は間近まで近づけないレールを見ることができるなんて、わくわくする。

錆《さ》びた二本のレールが海の中に消えていく辺りから、猫《ねこ》が水をなめてるような波の音がしていた。いっときも休みなしで満潮と干潮を繰《く》り返《かえ》している海の縁《ふち》が、僕の足元に数ミリ単位で満ちてくる。

自転車のスタンドを掛《か》け三角乗りでこいだ。後輪が宙で高速回転し始めた。自転車が海に突《つ》っ込《こ》んで、眠《ねむ》くなるような深い青緑に引《ひ》き込《こ》まれていきそうに感じる。

風もやんで春の暖かい陽射《ひざ》しが射し始めていた。積み上げてある船の廃材《はいざい》からユラユラと陽炎《かげろう》がたっていて、造船所が夢の中みたいに揺《ゆ》らいでいる。

スピードを落としてペダルを踏《ふ》み続《つづ》けた。波打《なみう》ち際《ぎわ》にライトの光が当たって、わずかにそこだけ内側から光ってるように見えた。春を宿した明るい苔《こけ》の色は見覚えのある海の色だ。

レール脇《わき》の枕木《まくらぎ》からは磯《いそ》の匂《にお》いがしていた。

三角乗りも勢いを増して、アンペアの赤い針が［7］辺りを指している。さっきからアンペア・メーターの上を、せわしなくタッチアンドゴーを繰《く》り返《かえ》しているのは大きなクロバエだ。ヤツは造船所の方を見ている。

僕《ぼく》は利《き》き腕《うで》の左の拳《こぶし》を軽く筒状《つつじょう》に握《にぎ》って、気付かれないようにそおーっと構え、膝《ひざ》のすぐ下でヤツの行く手を遮《さえぎ》る格好で待機させた。この様子を誰《だれ》かに見られているような気がして、辺りを見回したけど誰もいない。気のせいだった。

『今だっ』

僕はまた勝った。
一、二、三。そーっと放《はな》した。僕と蝿《はえ》とのキャッチアンドリリース。
その時だ。

「よー、待たせたなぁ」

振《ふ》り返《かえ》るとオジサンが後ろで微笑《ほほえ》んで立っていた。いつの間にか、トリフネ造船の濃《こ》い緑色の作業服に着替《きが》えていた。

『やっぱり見られていたかぁ……』

「そんなに船が好きか」

「うん、ハイ」

見られてなかったようだ。

「オカに揚《あ》がった船よりも、海を走っている船の方が格好イイだろうが」

相変わらず声がでかいけど、優《やさ》しい顔だ。

「僕は役目が終わって廃船《はいせん》になっていくヤツとか、解体されていくヤツも好きなんだよ」

と答えた。オジサンの胸には「三上元B」の名札が付いていた。もう一人三上元Aさんがいるのかもしれない。

「ミカミ、ゲン、ビイさんか……」

どう読んでいいのか自信がないまま呟《つぶや》いた。

「ガハハハ」

ゲンビイさんが大笑いした。

「あっ、すみません……」

「イヤイヤ、ゲンビイも悪くないなぁ。ゲンビイ、いいじゃないか」

「えっ、ちち違《ちが》ってますよね」

「後ろのBはオレの血液型だ。作業中に重大なケガをして、意識を失ったりした時の輸血用のアレだ、そんなヘマなことはしなかったけどな」

真顔に戻《もど》って、

「ミカミ　ハジメって読むんだよ。でも面倒《めんどう》だゲンビイと呼びなさい。その方がカッコイイか」

「はい……」

恐《おそ》る恐る返事をした。やっぱり変わり者のオジサンだ。髭面《ひげづら》の奥《おく》に包《つつ》み込《こ》まれた優《やさ》しさが伝わってきた。

陽《ひ》に焼けたゴツゴツした太い右手の指で何か大切そうに持っている。濃《こ》い緑色のツヤツヤした葉を茂《しげ》らせた枝だ。怖《こわ》そうな顔のオジサンを優しそうにしているのはその葉っぱのせいかも知れない。

「ゲンビイオジサン、その葉っぱは何に使うものなの」

葉っぱのことを聞いてみた。

「ははは、ゲンビイにオジサンは合わない。ゲンビイさんでいいじゃないか。ダンはこれ、知らねぇか。サカキってものだ。今までゲンズバを護《まも》ってきた神棚《かみだな》のものだよ」

僕《ぼく》の知らない言葉がゾロゾロと出てくる。ゲンズバ、サカキ……。僕を子ども扱《あつか》いしない。

「あまり見掛《みか》けない葉っぱだけど、どこに生えているの」

「どこかなぁ、ときどき拝み屋の娘《むすめ》が持ってくるんだよ」

オガミヤ……聞けば聞くほど分からないことばかりだなと、思った時だ。

真顔に戻《もど》ったオジサンは、突《つ》き出《だ》したサカキの右手に左手の指先を付けて、さっきのチャンバラみたいに僕の正面に向かって構えるじゃないか。突然《とつぜん》、こんな仕草で子どもの前に立ちふさがるなんて、どんな大人なんだ。ゲンビイさんは急にどうしちまったんだろう。

『修二《しゅうじ》の自転車がぶつかった時の打ち所が悪かったのかなぁ……』

そんな考えがちょっとよぎったけど、目を見るとふざけているようにも思えない。しかもニコリともしないで僕《ぼく》を試《ため》すように、目を離《はな》さない。怖《こわ》いから逃《に》げ出《だ》したいのに僕の目は、逆にサカキの緑色に吸い寄せられていた。

見据《みす》えた彼《かれ》の目は瞬《まばた》きもせず、僕を貫《つらぬ》いて後ろの海まで透《す》かし見ているようだ。怖いだけでもなくただ優《やさ》しいだけでもない。今まで見たこともない目だ。

「いくぞ！　ダン」

腹の底から響《ひび》いてくる声にビクッとした僕は、ワケも分からないままにオジサンを真似《まね》て右手を前に出し、左手もそれに従わせて構えていた。きっと棒《ぼう》っ杭《くい》みたいだったと思う。僕だってこんな場面は初めてだったから、仕方がないんだ。

落ち着いていたのではなく、小心者の僕は瞬きもできずにオジサンの目に吸い寄せられていた。足から根が生え、動けなかったのだ。

オジサンはサカキを天に突《つ》き上《あ》げた。淀《よど》みなく上がり始めた手首の動きが肘《ひじ》に伝わり、肩《かた》の関節がさらに上へ、左手が額の辺りまで来ると、

「ヤー」

一気に斬《き》り下《お》ろす格好でサカキを振《ふ》り下《お》ろすと同時に左足を引き付けた。この一連の腕《うで》の動きは腰《こし》の上にどっしり載《の》っているようだった。僕に当たったワケではないのに、脳天から額の真ん中を鋭《するど》く細い風が素早《すばや》く走った。

そればかりか、気のせいか風をなぞるように電気が走ったのだ。あのビリビリは十アンペア以上あった。

「ああ……」

僕は真っ二つに斬られたようにその場にゆっくりと倒《たお》れた。

ゲンビイさんは変わり過ぎている。でもただ者じゃないのは僕にだって分かった。

薄目《うすめ》で見上げた。オジサンが微笑《ほほえ》んで僕を見ている。

「ははは、ダン、斬られて倒れるのが上手《うま》かったな。想像力があるってことだよ。へんな力が入ってなくてなかなかスジがイイぞ」

笑いながらゲンビイさんが左手を差し出した。大きくて分厚い手だった。立ち上がった。

「スジがいい」とか「倒れ方が上手い」って、よく分からないけど、誉《ほ》められているらしい。ゲンビイさんは本当に愉快《ゆかい》そうに笑った。

「どうしていいのか分からなくて、額に風が止まった時、押《お》されるように倒《たお》れたんだよ」

「そうか、風に押されたか」

僕《ぼく》はまだ緊張《きんちょう》していた。でもゲンビイさんの豪快《ごうかい》な笑いにつられて僕も、葉っぱで倒された自分が可笑《おか》しくなった。初めて会った人とこんなに笑い合ったのは、トキオ以外に初めてだったし、こんなに無防備に大口をあけて笑う大の大人を僕は他《ほか》に知らない。僕の緊張が解けていた。

「ダン、お前の手首は柔《やわ》らかくて自在だ。風の感じ方もいい。さっき左手で蝿《はえ》を上手《うま》く捕《と》るのを見ていたんだ」

「えっ、み、み見てたんだぁ。恥《は》ずかしい」

やっぱり見られていたのだ。それでも、三秒ルールのワザを認めてくれたのはゲンビイさんが初めてだった。なんだか、こんなコトでも大人に誉《ほ》められるとうれしくなった。

「ダン、ついてこいよ。ここはもうすぐ人手に渡《わた》ってしまうんだ。造船所の中はまだ見たことないだろう。案内するから」

それだけ言うと回れ右をして、大扉《おおとびら》の横の小さな出入り口をくぐった。動きがきびきびしている。後について入った建物の中に、さっき僕が眺《なが》めていた海から這《は》い上《あ》がるレールが続いていた。

「こっちだ、この上にあるのが造船所の要《かなめ》だよ」

鉄骨がむき出しになった高い天井《てんじょう》だった。側面に張り付いた急な鉄階段を昇《のぼ》り始《はじ》めたゲンビイさんの作業靴《さぎょうぐつ》が、カーンカーンと降ってきた。

「毎日、この階段を何回昇り下りしたことか」

彼《かれ》は大きな声で言った。僕は黙《だま》って後について昇る。

「高いねぇ、下を見ると目が回りそうだよ」

「手すりを放すんじゃないゾ。一歩一歩、ゆっくりでいいから」

ちょっと勇気を出して下を見た。だんだん高くなって床《ゆか》のレールが割《わ》り箸《ばし》に見える。

天井《てんじょう》の間近にドアがあった。

「こんな天井《てんじょう》近くに入り口があるんだね」

ドアを開けると、屋根のところどころに取り付けてある大きな明かり取りから幾筋《いくすじ》もの光が差し、広い板の間をフワリと浮《う》き上《あ》がらせているようだった。

「ダン、ここが現図場《げんずば》っていうんだ。見たことないだろう。どうだい」

「ゲンズバ……、こんな空中に、こんなデッカイ運動場があったんだ。ゲンズバ…って何をする場所なの」

「船の原寸大の設計図を描《か》く場所だ」

敷《し》き詰《つ》めてあるフローリングの平行線が、広い現図場をもっと広く見せている。

「あ、そこのスリッパに履《は》き替《か》えてな」

木の下駄箱《げたばこ》を開けると、緑色の古びたスリッパが入っていた。下駄箱の上に掛《か》かっている大きな数字のカレンダーにも陽《ひ》が斜《なな》めに当たっていた。

三月じゅうには細かく予定が書《か》き込《こ》まれている。明日から始まる四月には何も予定が書き込まれていない。やっぱりトリフネ造船は潰《つぶ》れたんだ。ボールペンでグルグルと囲んである明日が目にとまった。

『そうか明日は四月一日、僕《ぼく》の誕生日だ』

何やら書いてあるけど僕には読めない。

床いっぱいに白や赤や黒の細い直線や曲線が描かれている。ところどころに書き込まれた数字や記号を目で追った。

「船が好きだったら、この無数の線から船の形を読み取ってごらん。自分の目で確かめてみろ」

何だかさっぱり分からない。トキオが大事にしていた五球スーパーラジオの配線図を思い出した。

「原寸大だ。だからこれだけ大きいのさ。この床に描いてあるのはトリフネ造船の最後の仕事になったタンカーだよ」

自慢《じまん》しているワケではなく、やってきたことへの誇《ほこ》りを感じた。ゲンビイさんが実物の大きさのことだと言う、「ゲンスンダイ」という響《ひび》きが好きだ。

「ゲンビイさん」

こんな広い空間にいると僕も、いつの間にか大声になっていた。

「僕《ぼく》、上から見たいな。この階段上がってもいい」

「おー、いいぞ」

キャットウォークに駆《か》け上《あ》がった。現図場《げんずば》を上から見ることにした。

無数の線を目で追っていた。ジーッと見つめていると少しずつ何かが立ち上がってきた。そうか、分かったぞ。船を上から、横から、正面から見た線が、この大きな床《ゆか》にいっぺんに描《か》かれているんだ。

「すげー」

波を蹴立《けた》てて走ってるタンカーが見えてきた。現図場自体が目に見えない大きな船なんだ。

「この船は今やもう日本沿岸の港にオイルを配って走り回っているんだよ。スゴイだろう」

ゲンビイさんが下から叫《さけ》んだ。

床に描かれた美しい線の流れに見入っていた。現図は、蝶々《ちょうちょう》に変身するサナギみたいに、船が脱《ぬ》ぎ捨《す》てていった抜《ぬ》け殻《がら》だ。僕はキャットウォークを歩き回って、あっち

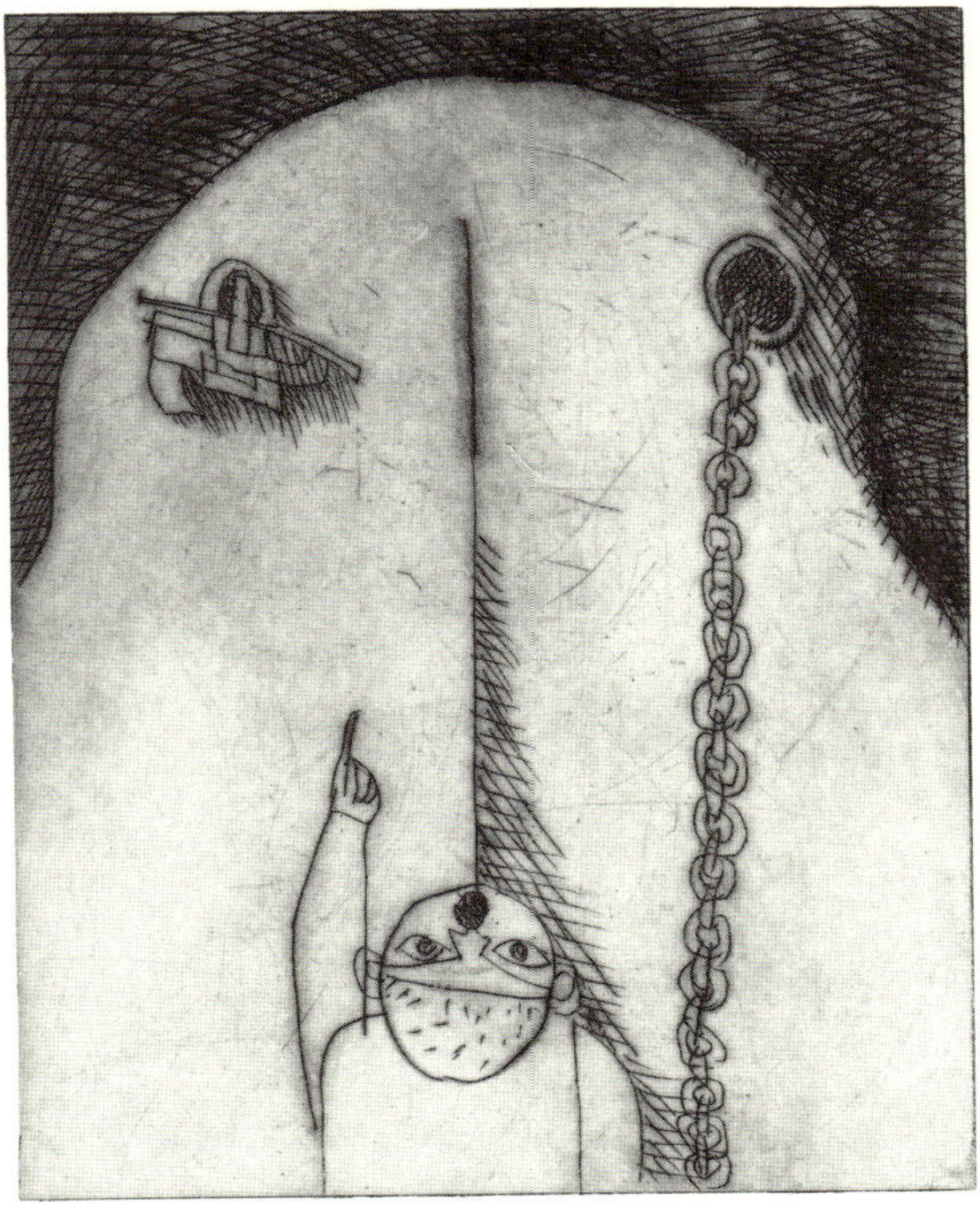

こっちから眺《なが》めては、原寸大の船を想像していた。

「おーい、ダン。どこにいるんだ」

広い現図場《げんずば》にオジサンの大きな声が響《ひび》いた。手すりから身体《からだ》を乗り出すと、いつの間にか剣道《けんどう》の胴着《どうぎ》に袴《はかま》を着けたオジサンが、赤や青、白、黒の曲線が集まっている現図の上に立っていた。丁度、タンカーの舳先《へさき》辺りだ。

黒光りする胴《どう》を着けてるし、手にはボクシングのグローブみたいなものをはめて、胴からは何枚かエビの尻尾《しっぽ》みたいなものが垂れ下がっている。正面の垂れには「三上」と白い刺繍《ししゅう》がしてある。現図の舳先にたたずむ剣士の姿は、『宝島』のオウムを肩《かた》に載《の》せた海賊《かいぞく》より強そうに見えた。

「ゲンビイさん、僕《ぼく》はここだよ。カッコイイです、でも、どうしたんですかその格好は?」

僕はキャットウォークから叫《さけ》んだ。ありゃっ、スンナリ言えた。僕の舌はどうしちまったんだ。

「あ、そこにいたのか、早く降りてこいよ」

物々しい姿の割りには優《やさ》しい目だ。

「ダン、どうだ。剣道やってみるか」

ゲンビイさんは思いがけないことを言い出した。

「ぼ僕は泳げないし、さ逆上がりもできないんだよ、運動なんて何やってもダメなんだ」

ちょっと慌《あわ》てた。

「ふーん、そうかぁ」

うなずきながら僕の目を覗《のぞ》く。

「ドッジボールだって、僕は一番最初に狙《ねら》い撃《う》ちにされてしまうためだけにいるんだよ。僕は……」

言いながら自分でも情けなくなってきた。

「たったそんなことで、自分で決めてしまったり、周りの目ばかり気にしたりしていてはツマラナイ。ダン、生きているというのは、それだけでお前という意味があるんだ」

『生きている意味……?』

ちょっと風変わりな大人から出てくる耳慣れない言葉に、僕《ぼく》の脳ミソはざわざわしていた。

「草や虫や石ころでさえ、意味もなくそこに在るモノはないんだ」

僕の心を見抜《みぬ》いたようにゲンビイさんが強く言った。父さんも、ジイチャンもバアチャンも、みんな大人だけど、ゲンビイさんは他《ほか》の誰《だれ》とも違《ちが》う不思議な大人だ。

ゲンビイさんは持っていた竹刀《しない》を床《ゆか》に置いた。

「この竹刀はここの床に倒《たお》れていれば、ただ竹でできた棒だけど……」

と言ってまた竹刀を握《にぎ》り直《なお》し構えた。

「オレがこうして構えて振《ふ》り下《お》ろした途端《とたん》に、速さと方向をもった竹刀にかわるんだよ、面《メン》!」

ビュッ。

空気を鋭《するど》く斬《き》り裂《さ》く音がした。

僕は思わず目をつぶった。最初、何のことだか分からなかったけど、だんだんゲンビイさんが言ってることが伝わってきた。

「だからダン。オレの剣道《けんどう》はスポーツではないんだ」

強い調子で言い切った。

「でも一回だけ剣道の試合を見たことがあるよ。あれは勝ち負けでしょう」

せっかく分かりかけていたのにまた遠ざかっていった。

「ウン、そうだけどな。オレの剣道は、速いとか、当たったとか、相手に勝ったとかの勝ち負けではないんだ。自分の身体《からだ》と剣を使って、自分の中の自分と話し合うんだよ」

ゲンビイさんは僕の目を離《はな》さない。初めて会った僕に、どうしてこんなに一生懸命《いっしょうけんめい》言ってくれるのか。

「蝿捕《はえと》りした時の手首の返しも素早《すばや》かったし、三角乗りの身体のバランスの取り方だって大したものだった」

ガラーンとした現図場《げんずば》に響《ひび》いたゲンビイさんの大きな声。誉《ほ》められることがなかった僕は、何だかフワフワした気持ちになっていた。

「でもなぁ、ダン。お前はまだ自分の中で大きくなるはずの自分の種に気付いてないんだよ。その事に気付くために、剣道《けんどう》は役に立つんだよ」

彼《かれ》はここまで言って、また竹刀《しない》を身体の正面に構えた。まるで正面の見えない相手に向かっているようだ。

「トリフネ造船を明《あ》け渡《わた》すまでの四月末までこの現図場《げんずば》で道場を開くんだよ。夜だけな」

後は、決めるのはお前自身だと言うように、

「メンメンメンメンメン……」

すり足で竹刀を振《ふ》りながらタンカーの現図の上を前進していった。僕《ぼく》はゲンビイさんの動きに呆気《あっけ》にとられていた。見えない相手に向かって斬《き》り込《こ》んでいるのだ。板の間に垂直のままのゲンビイさんが滑《すべ》っているように前進後退を繰《く》り返《かえ》している。

小柄なゲンビイさんの身体《からだ》全体を、十センチほどの濃《こ》い空気の層がおおっていて、原寸大よりずっと大きなヒトに見えた。

「どうだ、これが切り返しっていうんだ。剣道の基本運動だ。とは言っても、一振《ふ》り、

一振りをキチンと斬り込むんだよ。無駄《むだ》な動きはひとつだってないんだ」

「うん、ここにいてもゲンビイさんの気迫《きはく》が伝わってきて怖《こわ》かったです」

「ダン、さっき言ったように有段者になって強くなることだけが剣道じゃない。お前にはその入り口へ案内するよ。オレと一緒《いっしょ》に稽古《けいこ》してみるか。竹刀は用意しておくから安心して来なさい。近いうちにまた遊びに来いよ。三角乗りでナ」

「はい」

やっぱり普通《ふつう》の大人とは違《ちが》った何かを感じた。樹《き》で言うと樅《もみ》の木かなぁ。

「ダンはそのままでイイんだ、でもその自分を別の角度からも眺《なが》めてみるんだ。お前だって大きな自然のひとつなんだぞ」

僕のアンペアの赤い針がちょっと前に振れた。

自分だけで二、三日、考えてみることにした。今まで僕の知らない世界をほんの少しだけ見たような気がする。

10 アンペア　カゼウシ

目を覚ましたけど、今朝の庭の渦巻《うずま》きは蟻《あり》ジゴクには見えなかった。そして一日の最初に頭を過《よ》ぎったのは「カゼウシ」という響《ひび》きだった。父さんとジイチャンが酔《よ》っぱらって何度も口にしていた、カゼウシ。

父さんはまた牧場に戻《もど》っていった。別《わか》れ際《ぎわ》のバス停で、僕《ぼく》を見透《みす》かしたように、

「ハズム、今度、勇気出して風牛《かぜうし》を見に来るか」

と言った。

「うん…そのうちにね」

僕は生半可《なまはんか》な返事をして、父さんが乗ったバスをいつものように見送った。

『カゼウシ…カゼウシ…カゼウシ』

僕《ぼく》の頭の中でコダマし始めた。三角乗りでカスミ公園に向かった。

『カゼウシ……』

他《ほか》のことを考えようにも、壊《こわ》れたＣＤみたいに頭の中で『カゼウシ』の響《ひび》きが止まらない。滑《すべ》り台《だい》の特等席に上がった。何だか風牛《かぜうし》に誘《さそ》われているように。

雲ものんびりと海から山へ流れて、山のテッペンでは、海からの風に今日も五基のプロペラがゆっくり回っている。まだ頭の中のコダマが続いていた。

「カゼウシ」

口をついて出た。

カゼノサト牧場村へは、市役所前から一時間弱で行ける町の循環《じゅんかん》バスが出ているけど、僕は三角乗りでカスミ公園の生《い》け垣《がき》沿いの路《みち》を行くことにした。貸し切りバスで行った三年の遠足以来だった。

トリフネ造船所を通り過ぎる時、正門にはチェーンが掛《か》かっていた。ゲンビイさんは中で残りの書類整理をやってるはずだ。牧場から戻《もど》ったらあらためて訪ねよう。

町中の平地だからアンペアを上げ過ぎないように、ゆっくり走った。まだ牧場までは遠い。

鉄骨や鉄材を積んだ貨物列車が、日に何度か通過するだけの引《ひ》き込《こ》み線を横切る。ここを過ぎて、コンビニを右折するとつづら折りの少し緩《ゆる》やかな山道に入る。町の三分の二は見渡《みわた》せる東屋《あずまや》がある所までトキオと来たことがあった。ここからは海の具合や空の様子もよく見えた。

トキオと来て僕が雷雲《かみなりぐも》の流れを読んで夕立を言い当てた場所だ。

この先は、なだらかな下り坂が隣町《となりまち》まで続いている。初めての道のりだけど、もう戻れない。楽ちんの下り坂では、アンペア・メーターは零《ゼロ》のままだ。筋肉の意志が夕イヤに働いてないからだ。

牧場への近道はバスも通るアスファルトの広い道路だ。三角乗りは舗装《ほそう》はしてないけど車の行き来が少ない、なだらかな農道の方が向いている。少し遠回りだけど、急ぐわけでもない。安心して不安定なバランスに集中できる。

回り続ける大きなプロペラは角度を変えながらどこからでも見えている。

母さんが考え、父さんがやっと完成に近づけた「風牛」。不思議な響《ひび》きの生き物をあれこれと想像しながらペダルを踏《ふ》んでいた。父さんが作ったという、風を電気に変《へん》換《かん》する装置はどんな形をしているんだろう。アンペアの赤い針がフラフラと動き出した。

僕《ぼく》が生まれる前、まだ十頭しかいない牛を大切に育てていた父さんと母さん。母さんが元気だったら、僕も父さんと一緒《いっしょ》に牧場で暮らしていたはずだ。

最後の急坂《きゅうはん》だ。ここからは三角乗りも前に進まなくなった。降りて押《お》す。カゼノサト牧場村と矢印が書かれた道しるべ。もう近い。

カスミ公園のお座敷《ざしき》から見ていた風の塔《とう》は、間近で見ると圧倒的《あっとうてき》に大きなプロペラだ。ゆっくりと止まりそうな速度だけど確かに回っていた。僕は自転車を小走りになって押していた。とうとう高台のテッペンに着いた。

『父さん、ビックリするだろうなぁ』

遠足の時に見たままの草原がなだらかに続いている。僕はまた三角乗りで走り出した。父さんの風牛《かぜうし》牧場は牛舎や小さな家が並ぶカゼノサト牧場村の一番端《はし》っこの奥《おく》にある。

小さなログハウスが牧場での父さんの家だ。海に陽《ひ》が落ちるところだった。落ちると言うより、真っ赤なお日様が海に溶《と》けていくようだった。

「トウサーン」

声を掛《か》けても返事がない。

隣《となり》の牛舎の方に回ってみたけど人の気配はない。牛舎の屋根に、前に来た時はなかった大きな箱が載《の》っかっていた。分厚い板を張り合わせたお風呂《ふろ》のような木の箱が二個並んでいる。

継《つ》ぎ目《め》のパテの隙間《すきま》から滲《にじ》んだ水分に夕日が反射して、真っ赤に光っている。箱の上辺からさらに上へ、天に向かって手を広げたように、板を四十五度に伸《の》ばしている。きっと少しでも雨水《あまみず》をいっぱい受けるためだろう。牛に飲ませたり牧草に撒《ま》いたりする貴重な水だ。

その横に高さ二メートルぐらいの円筒形《えんとうけい》の風車が三基、けっこう勢いよく回ってい る。風力発電のあの大きな五基のプロペラと比べものにならないけど必死に回ってい る。あれが父さんと母さんの「風牛《かぜうし》」のアンペア装置なんだろう。

「おー、ハズムじゃないか。どうしたんだ」

鉄の鎖《くさり》の束を両手で抱《かか》えて出てきた父さんがたまげた顔をしている。

「えーっ、どうやって来たんだよ。バスか」

父さんは僕《ぼく》がこんなに早く、しかも予告なしに来るとは思ってなかっただろうから ビックリしていた。そりゃあそうだ、一昨日《おととい》まで一緒《いっしょ》の家にいたんだから。

「自転車で来たんだ、三角乗りでね」

「ここまで自転車? 大丈夫《だいじょうぶ》だったか」

「全然大丈夫さ、途中《とちゅう》から押《お》し上《あ》げてきたけど」

「家で何かあったのか」

父さんはにわかに心配そうな顔になった。

「カゼウシをどうしても見たくなったんだよ」

僕《ぼく》の答えにホッとしたように、

「そりゃまた急に。どんな風の吹《ふ》き回《まわ》しだ」

持っていたチェーンブロックの束を地面に置いた。

「牛を育てる風の発電って、あれかい」

僕は屋根の上で回転する円筒《えんとう》を指さした。

「そうだ。あれでこの風牛《かぜうし》牧場の電気を全部賄《まかな》っているんだよ。何度も失敗を繰《く》り返《かえ》しながら、ようやく無駄《むだ》なく風をとらえる羽根ができ上がったよ。上がって見るか」

『風のアンペアだ』

父さんは屋根に通じる階段を昇《のぼ》っていく。僕も後について上がった。上がりきると大きな木の水槽《すいそう》が目の前にあった。この貯水槽が天からの貴重な恵《めぐ》みを溜《た》めておくんだと、父さんは自慢気《じまんげ》に水槽の壁《かべ》を叩《たた》いた。

「このボックスは何?」

「風が作った電気を、コツコツ集めてきた船のバッテリーやダンプの中古バッテリーに溜めているんだ」

「デッカい蓄電池《ちくでんち》だねぇ」

「風牛牧場の小さな『岩浅《いわさ》発電所』なんだよ。発電をここまでにするのに五年もかかっちまった。牛の飲み水をイオン化させたり、明かりやすべての機械の電力を風で賄う牧場を目指すというのは、母さんのアイデアだったんだ」

強い風が吹くと僕に落ち着きがなくなるのは、風と生きてきた母さんの仕業《しわざ》かもしれない。

円筒形の風車のフレームを父さんはいとおしそうにゴツゴツした手で撫《な》でた。

「水槽にも風の電気を引っ張ってステンレスの電極に繋《つな》いであるんだ」

苦労して完成させた発電の説明をする父さんの顔は、トキオのコンセント自慢に似ていた。でも、父さんの自慢には牛三十七頭の命がかかっているのだ。

僕も三秒ルールで蝿《はえ》に勝った時はこんな顔になっているのかもしれないけど、カゼウシに蝿一匹《ぴき》では歯が立たない。

その時、屋根の下の牛舎で牛が苦しそうに呻《うめ》いた。

「あ、そろそろだ。行ってやらなくちゃ。産気づいてるんだ」

父さんは急いで階段を降りていき、さっき置いたチェーンブロックを抱《かか》えて牛舎に入っていく。

「父さん、そんな重そうな機械をどうするの」

鉄の鎖《くさり》の束はのんびりした牧場の風景には不《ふ》釣《つ》り合《あ》いだ。

「うん、緊急《きんきゅう》に備えるんだ」

のどかな空気に鎖のぶつかり合う音がした。

牧場内の照明や、牛舎内の蛍光灯《けいこうとう》が瞬《またた》くように灯《とも》り、青白い光に満たされてちょっとヒンヤリしてきた。急を告げる夕暮れになった。

「ちょっと前に雌牛《めうし》が一頭、産気づいたんだが、厄介《やっかい》なことになってな、これからが正念場なんだ。ハズムもえらい時に来たもんだ」

何だかただならない気配に僕《ぼく》も後を付いていった。

「大変なの?」

「うん、逆子《さかご》だ。仔牛《こうし》か母牛《ははうし》か、どっちかが死ぬかもしれないんだ。危ないとこだ」

父さんは押《お》し殺《ころ》した声で言う。

藁《わら》を敷《し》き詰《つ》めた柵《さく》の中で大きくて真っ黒い牛が苦しそうに一声呻《うめ》いた。不安定に瞬く蛍光灯を浴びて、父さんの顔も青白く見える。握《にぎ》りしめた僕の拳《こぶし》も血の気のない色で、まるで別の人の手に見えた。

「僕も何か……」

と言いかけて唾《つば》を飲んだ。手を噛《か》まれると思って一目散に逃《に》げた遠足の日を思い出してしまったのだ。

『あの時は僕がおびえたから、牛が勘違《かんちが》いして驚《おどろ》いたんだ。今度は大丈夫《だいじょうぶ》だ』

そう言い聞かせてる僕の背中は冷たい汗《あせ》が次から次へと流れ出し、ビッショリとシャツが貼《は》り付《つ》いている。

三角乗りでやっとたどり着いたというのに……。何でこんな時に。

壁《かべ》の方を向いたまま真っ黒い身体《からだ》を波打たせて必死に痛みに耐《た》えているのが、逆子を宿した母さん牛だ。苦しそうにあげる唸《うな》り声《ごえ》の間隔《かんかく》が狭《せば》まってだんだん烈《はげ》しくなっている。そのたびに母さん牛の口に込《こ》み上《あ》げてくるネバネバの泡《あわ》だった涎《よだれ》が長く垂れ落ちる。

ジャジャジャーッ。

突然《とつぜん》、弾《はじ》けたゴム風船から水が溢《あふ》れ出《だ》すような音がした。

「あーっ、破水しちまった」

父さんが叫《さけ》んだ。母さん牛が大量のオシッコみたいな水を滝《たき》のように噴《ふ》き出《だ》したのだ。生温かいというより熱い液体を僕《ぼく》はズボンの片方に浴びた。

「ヒャーきき汚《きた》ねー」

僕は牛舎の入り口の方まで飛《と》び退《の》いて汚《よご》れを払《はら》っていた。オシッコの臭《にお》いとは違《ちが》うけど吐《は》きそうになった。あの遠足の時みたいに、負けてそのまま逃《に》げ出《だ》しそうになっていた。

「羊水《ようすい》を浴びたからって死なないぞ。イクジナシ、見るんだ、目をそらすな！」

半べそでウロウロしている僕を睨《にら》みつけ、

「ハズム、しっかりせい。この母さん牛か、生まれてくる仔牛《こうし》のどっちかが死ぬかもしれないんだぞ。下手《へた》すりゃ両方とも死んじゃうんだ。それを目の前にして、お前はまた逃げる気か、バカタレが。何のために来たんだ！」

父さんの大声が飛んできた。こんな父さんの、こんな大きな声は初めてだった。蛍《けい》光灯《こうとう》で照らされいっそう怖《こわ》い父さんの顔も見たことがなかった。

僕は何のために来たんだろう。「生きてる意味」を何かに問われているような気がした。

父さんでもない、母さんでも、バアチャン、ジイチャン、担任…みんな違う。トキオでもない。僕自身だ。

「分かんないんだ」

思わず叫《さけ》んだ。ズボンの片方がもう冷えてヒンヤリ気持ち悪かった。

風牛《かぜうし》の母さんから滴《したた》る羊水。根こそぎ震《ふる》えている僕の身体《からだ》は、芯《しん》に電気が走ったように直立した。僕は下っ腹に力を入れて大きく息を吐《は》いた。

「父さん、もう大丈夫《だいじょうぶ》だよ。僕に何かさせてくれ!」

叫んだ声に自分で驚《おどろ》いた。五十アンペア。

「ハズム、そんなら、ここに来て母さん牛の背中を撫《な》でていろ」

父さんも僕の叫びに気圧《けお》されたように言い残すと、何かを取りに出て行った。

僕《ぼく》は勇気を出して、波打つ牛の背中からお腹《なか》にかけてを両手でこすっていた。「ダダン柱《ばしら》」をこすっているように、

『ダダンダダンダダン』

一生懸命《いっしょうけんめい》こすり続けた。

「ンーモ――」

牛は首を僕の方に向けて湿《しめ》った大声で呻《うめ》いた。僕の掌《てのひら》に熱い体温と振動《しんどう》が伝わってきた。大半が白目になった大きな目で僕に何かを訴《うった》えているようだ。苦しそうだ。

「ダダンダダンダダン」

どうしてやればイイのか、声を出して休まずこすることしかできなかった。

大きなお尻《しり》から、血のかたまりや薄皮《うすかわ》をこびりつけびっしょりと濡《ぬ》れた小さな蹄《ひづめ》の後ろ足が突《つ》き出《だ》している。奇妙《きみょう》な格好だけど、母さん牛が必死で産み出そうとしている息みが僕の掌に伝わってきた。

「ああ、やっぱり逆子《さかご》だな。こりゃ厄介《やっかい》だぞ」

後ろで父さんが誰《だれ》に言うでもなく言った。

「サカゴってなあに」

「この仔牛《こうし》は母さんのお腹《なか》の中で逆さまになってしまったんだ。正常なのは頭からスンナリとこの世に出てくるんだけど、逆子は後ろ足が先に出てしまって、肩《かた》や腰《こし》が引《ひ》っ掛《か》かってしまうんだ。そのうえ、ヘソの緒《お》が首にからまっていたら最悪だ」

母さん牛が苦しそうにまた踏《ふ》ん張《ば》っているのか、堪《こら》えているのか、口から血が混じった藁《わら》の泡《あわ》をいっそう溢《あふ》れさせた。二本の後ろ足が付け根の辺りまで出ている。僕は母さん牛の首の辺りを撫《な》でていた。もう怖《こわ》くなんかなかった。

「そうだ、優《やさ》しくこすってやると少しは落ち着くから」

父さんはお尻《しり》の方に回って仔牛の後ろ足の一本ずつに、ロープの輪を掛《か》けている。さっきはこれを取りにいってたんだ。両端が直径十センチほどの輪になっている一メートルほどのロープだ。

「ハズム、母牛《ははうし》の口綱《くちづな》を壁《かべ》の取っ手にしっかり結ぶんだ」

「8の字結びでいいんだね」

ロープの結び方は、父さんに物置の柱を使っていろいろ教わったことがある。でも僕《ぼく》はこの8の字結びしか覚えていなかった。

「よしっ、完了」

「そしたらな、首の所をしっかりと抱《だ》いて牛を落ち着かせるんだ」

息むリズムがこみ上げてくるたびに苦しそうにもがくから、口綱《くちづな》を繋《つな》いである壁《かべ》の羽目板がギシギシ叫《さけ》びながら必死に耐《た》えている。僕の上着もズボンも顔も腕《うで》も、母さん牛の涎《よだれ》でベトベトになっていた。だいぶ慣れてきたけど、牛の息や胃液まじりの涎の臭《にお》いで、僕もときどき込《こ》み上《あ》げて吐《に》きそうになった。何とか堪《こら》えた。

でも仔牛《こうし》はそれ以上出てこようとはしない。

「今度は、出てくる仔牛に手を貸すか……」

仔牛の両後ろ足に掛《か》けたロープに、父さんは両手をかけて引っ張り出そうとした。母さん牛の呼吸に合わせて、顔じゅうの血管を浮《う》かせた父さんが、滑《すべ》らないように足を突《つ》っ張《ぱ》り引っ張っている。

「ガンバレガンバレ……ダダンダダンダダン……」

恐《おそ》ろしかったけど、しっかりと母さん牛の首を抱きながら彼女《かのじょ》に声を掛けるしかない。

「この腰《こし》が出てしまえば何とかなるんだが」

父さんは汗《あせ》をぬぐう。ちょっと疲《つか》れた母さん牛の大きなお尻《しり》と、力なくぬるりと垂れ下がっている仔牛の足の組み合わせ、なんだか別の変な生き物のように見えた。

「よしっ、次の息みに合わせてもう一回いくか」

「うん」

牛が激しく首を上げ苦しそうにもがき目を白黒させている。

「今だ！　ソレッ！」

思い切って引っ張った。

「わぁああ」

父さんの叫《さけ》び声《ごえ》が急に後ろに遠ざかった。

振《ふ》り向《む》くと、後ろ向きに飛んだ父さんは、羽目板に叩《たた》きつけられロープを握《にぎ》ったまま藁《わら》の上に倒《たお》れている。でも、ロープの先に仔牛は付いてない。ヌメリで綱が滑って仔牛の足から外れてしまったのだ。

頼《たよ》りなかった蛍光灯《けいこうとう》が二、三度点滅《てんめつ》してから一斉《いっせい》に消えた。真っ暗だ。

「ハズム、大丈夫《だいじょうぶ》かぁ」

父さんの痛そうな声が叫《さけ》んだ。

「僕《ぼく》なら大丈夫だよ。父さんこそどっか痛めなかったかい」

返事はなく、痛てて痛ててと言いながら父さんが屋根の発電所に急いで昇《のぼ》っていく音がした。少し間があって戻《もど》ってきた。

「ダメだ、万事休すだ。このところ風もなくて蓄電量《ちくでんりょう》も少なかったんだ。そのうえ、プロペラシャフトの受けベアリングが吹《ふ》っ飛《と》んでいるんだ」

「じゃあ、この親子はどうなるの」

「こんなに時間が掛《か》かっていては、子どもはまずダメだろうな。さっき白州《しらす》先生に電話したから、車で飛んでくるとは言ってたけど、間に合うか……」

ガッカリした父さんの声が響《ひび》いた。暗闇《くらやみ》での会話は絶望的な空気ばかりが行き来していた。

僕は母さん牛の首をソオッと放して、手探《てさぐ》りで牛舎の入り口に向かった。

外はいくらか明るかった。僕はちょっと吐《は》きながら自分の自転車の所に走った。ライトのスイッチを倒《たお》して牛舎に向かった。

ポワンポワンと地面を照らす。

母さん牛の断末魔《だんまつま》みたいな声が聞こえた。まだ暗闇の中で仔牛《こうし》を息み出そうとしているのだろう。

「待ってろ、やっと僕のアンペアが役に立つぞ」

僕は牛舎の入り口に立った。ハンドルを母さん牛に向けてスタンドを立てた。

「おい、ハズム。どうするんだ」

父さんが藁《わら》の中から叫んだ。僕は構わず自転車の左ペダルに足を載《の》せて三角乗りでこぎ始めた。

ポワン。

荒々《あらあら》しく呼吸している黒い牛のお腹《なか》が丸く浮《う》き上《あ》がった。僕は夢中でこいだ。狭《せま》い牛舎内も少し明かりがまわった。メーターの針が十アンペアで震《ふる》えている。

「おー、ハズム、そりゃあいい考えだ。助かるゾ。ちょっとハンドルを右に振《ふ》ってくれ」

元気を取《と》り戻《もど》した父さんの声だ。立ち上がり、鉄の鎖《くさり》を引きずってくる音がした。

「こうなりゃチェーンブロックだ」

父さんはこうなることも予想していたんだ。僕《ぼく》の明かりで、父さんは改めてロープを仔牛《こうし》の足にしっかりと掛《か》けた。そのU字に垂れたロープにチェーンブロックのフックを掛け、もう片方を入り口の柵《さく》に留めた。

父さんがジャラジャラと鎖を引っ張る音に合わせて、僕の三角乗りが速度を増した。ちょっとうれしくなった。こんな時に僕の頭の中では、ここにトキオがいたら何て言っただろうと想像している余裕《よゆう》さえできていたのだ。

こぐ！

こぐ！

こぐ！

ずんずん明るくなる。僕の息も上がってきた、もう二十アンペアだ。

父さんが鎖を巻き上げる。

牛舎の隅《すみ》に繋《つな》いだ母さん牛、仔牛の後ろ足、入り口の柵が対角線に結ばれた。

ジーッ、ジーッ、ジッ、ジッ、……。

鎖が小刻みに震《ふる》え、一直線にピーンと張った。

こぐ！

三十アンペア。

『あー、もうダメかぁ……』

足がふらついてきた。やめるワケにいかない。足だけは必死に動かしていたけど、速度は落ちてきていた。後ろ足だけこの世に出したまま、母さん牛の真っ暗なお腹《なか》の中で苦しんでいる仔牛の気分になっていた。

『カアサン…カアサン…カアサン……』

ジッジッジ……。

命を繋ぐ鎖がギラリと光った。

『カアサン……』

呪文《じゅもん》のように心の中で呟《つぶや》きながらこいでいた。

ジッジッ……ジッ……ジッ。

父さんは仔牛《こうし》の出具合を見ながらチェーンブロックのレバーを調節して鎖《くさり》を巻き上げている。

ジッ……。ジッ…、ジィ……音が小さくなっていく。

どこからか弾《はじ》ける音がした。

ドスッ。

何かがこの世に堕《お》ちてきた柔《やわ》らかい音だった。

黒いカタマリが藁《わら》の上にいた。僕《ぼく》は残っていた力を振《ふ》りしぼった。三十アンペア。

薄《うす》い半透明《はんとうめい》の膜《まく》で包まれている羊水《ようすい》まみれの仔牛がついに姿を現したのだ。

バシャッ。

赤黒い風呂敷《ふろしき》包みのようなものが仔牛の忘れ物みたいに落ちてしぶきを飛ばした。

駆《か》け寄《よ》った父さんは、辺りの藁をつかんでぐったりして動かない真っ黒い仔牛の身体《からだ》をこすっている。

「よかった、ヘソの緒《お》はからまってなかったんだ」

「あーっ、やったね」

「うん、ハズム、よくやった。でもこの仔牛はこの世に来たことは来たけど、まだ生まれてはいないんだ」

父さんは手を休めない。口の中で何かを呟《つぶや》きながら仔牛の顔や首の辺りをこすり続けている。

「ハズム！　暗い！　もっとこっちに光をくれ」

ハンドルを仔牛に向けて僕はいっそうペダルをこぐ。頼《たよ》りない明かりの中で、黒い仔牛が動いたような気がした。

「こげ！　ハズム、もっとこげ！」

父さんは僕に言ってるけど、顔をこすっている仔牛に言い聞かせているようだった。

仔牛をおおっている薄い膜みたいなものを必死にこすり落としている。父さんは仔牛の口をこじ開けて指を突《つ》っ込《こ》んで、中から詰《つ》まっているものを掻《か》き出《だ》した。

「ウーン」

一声鳴くと仔牛《こうし》は何とか立ち上がろうとした。

「ハズム！　聞こえたか、コイツの声がぁ。大丈夫《だいじょうぶ》だ。この仔はもう大丈夫だ」

「よかったぁ……」

目の前が霞《かす》んで歪《ゆが》んだ。

僕《ぼく》はペダルをこぎながら、ハンドルの片手で素早《すばや》く、目に入りそうになる額の汗《あせ》をぬぐった。直《す》ぐにでも仔牛の傍《そば》に駆《か》け寄《よ》りたかった。でも僕が三角乗りをやめたら、母さん牛も、父さんも、もちろん生まれたばかりの仔牛も、みんなまた闇《やみ》の中に消えてしまいそうな気がした。

僕の足はもう限界に近づいていた。それでもペダルの片方ずつに全体重を載《の》せてこいだ。メーターの針が、五から二十五アンペアをヨタヨタと行き来していた。

頼《たよ》りないけどこの光は、僕の全部だ。

頑張《がんば》った仔牛への誕生祝いだ。

僕の足は震《ふる》えてもう力は残ってなかった。

意識がスーッと遠のいていき、地面に吸い寄せられていくようだった。


父さんのベッドで目を覚ましたのは昼過ぎだった。起き上がろうとした。

「痛っ」

腕《うで》も腹筋も腿《もも》の筋肉も、体じゅうメチャクチャ痛い。僕全部が痛いカタマリだった。

「あ、ハズム、気がついたか」

髭《ひげ》をきれいに剃《そ》った父さんがニコニコしていた。

「あの牛の親子は？」

僕の記憶《きおく》は、藁《わら》の中に落ちてヨタヨタと立ち上がろうとする仔牛がボンヤリ。

「うん、なんとかな。あんな大変な場面は、風牛《かぜうし》始まって以来初めてだったよ」

「仔牛は元気だったんだね」

「うん、牡《おす》だったよ。母さん牛も元気だ。ハズムの踏《ふ》ん張《ば》りのお陰《かげ》だな」

仔牛《こうし》が生まれたのかどうか、見たようなまだ見てなかったようなおぼろげだった。僕《ぼく》は気を失いながら三角乗りをしてたんだろう。

酸欠で僕が気を失った後に白州《しらす》先生がたどり着いたらしい。仔牛や母さん牛の健康状態は異常なしということだ。先生は研究途中《とちゅう》の実験が残っていて、朝に大学へ戻《もど》ったらしい。

白州先生に直接、図鑑《ずかん》のお礼を言えなかったのは残念だったけど、今は仔牛に会いに行くのが先だ。

「ちょっと見てくるよ」

立ち上がったら足が攣《つ》って床《ゆか》に倒《たお》れ込《こ》んだ。

「オイ、大丈夫《だいじょうぶ》か、ハズム。仔牛だってもうしっかり歩いているゾ」

「まだ足がブルブルしてるんだ」

自分の意志ではどうにもならない僕の足を、父さんが肩《かた》に載《の》せて筋を伸《の》ばしてくれた。

「よし、これで大丈夫だ。昨日のアンペアのお駄賃《だちん》だ」

「あの時、僕のアンペアを全部あげてもイイと思ってこいだんだ」

「あれ以上時間がかかっていたら危なかったって白州先生が言ってたな。ハズムの活《かつ》躍《やく》をうれしそうに聞いていたぞ」

「もうイイよ」

照れくさくなって牛舎へ走った。

藁《わら》の上で四本脚《あし》で立っている真っ黒い仔牛は、キョトンとした大きな目で僕の方を見ている。僕のことより歩けることが不思議で堪《たま》らないというように駆《か》け出《だ》して転んだ。でもすぐ立ち上がって母さんの乳を飲み始めた。

穏《おだ》やかに口をモグモグさせた母さん牛の濡《ぬ》れた目の周りに蝿《はえ》が三匹《びき》止まっていたけど、もう三秒ルールをする気はなかった。

「父さん、この仔牛に僕が名前を付けてやりたいなぁ」

振《ふ》り向《む》いて父さんに聞いてみた。

「ここの牛は一年もすれば市場に出すから名前は付けないんだよ。売りに出す時、辛《つら》いからな」

父さんは腕組《うでぐ》みをしてちょっと考えていた。

「コイツはあの困難を超《こ》えてきた運の強さがあるし、なによりハズムが取り出したようなものだからなぁ」

「……」

「よし、売らないことにした。ハズムが名前を付けてやれ」

「えーっ、本当！　じゃあアンペアにしよう」

「アンペア？　確かにな。覚えておくよ」

「丈夫《じょうぶ》な風牛《かぜうし》になるといいね。父さんの風のアンペア装置も直さなくちゃね」

「ああ、そうだった。ま、なんとかなるさ」

「またアンペアに会いに来てイイかい」

「おお、いつだって来いよ」

帰りは下り坂の連続でペダルをこがないから、アンペア・メーターは零《ゼロ》のままだった。

隣町《となりまち》までは風裏になっていて穏《おだ》やかだったけど、町が見下ろせる東屋《あずまや》に降りた時は、やんでいた風が強くなっていて、僕《ぼく》の中に風のアンペアが溜《た》まっていくようだった。

風牛牧場のスッカラカンになった電気の稼《かせ》ぎ時だ。

『風車の修理は終わったかなぁ』

三角乗りの光の中で新しい生命が生《う》まれ墜《お》ちた、思いがけない出来事。同じ三角乗りで坂道をゆっくり下りていく僕は、まだ夢の中にいるような不思議な気分だった。

トキオに早く会って昨夜のことを話したかった。話すことはいくらでもあったけど上手《うま》く話せるといいなぁ。

『どこから話せばいいんだろう……』

見慣れたラムネ工場の青い屋根を探していた。

カモメの白い群れがいつになく飛んでいる。次々と地面から湧《わ》き上《あ》がってくるようだった。

しかもだんだんこっちに向かっている先頭が、僕《ぼく》の頭のはるか上を飛んでいった。後から後から大群が続いてくる。

飛び方がおかしいのがいる。見る間に失速してフラフラと変な飛び方の一羽が僕の目の前に落ちてきた。

なんとトイレット・ペーパーだ。

『トキオ!』

こんな離《はな》れ技《わざ》をやってのけるのはトキオしかいない。いつもなら必ず僕を誘《さそ》ってくれるのに。

イヤな予感がして急いだ。

三角乗りは向かい風を受けて突《つ》っ走《ぱし》る。

五十アンペア。

六十アンペア。

昨夜全部出し切ったはずの力が僕の中にまだ残っていた。

こぐ！
こぐ！
こぐ！
もう七十アンペアだ。

年中無休の［ユメノ電器］は閉まっていた。店のシャッターに、いかにも急いで紙テープで貼《は》ったカレンダーの裏に、

「長い間お世話になりました　ユメノ電器」

マジックで書かれたオヤジさんの字だ。裏口に回ってガラス戸から中を覗《のぞ》くと、暗い店内はもぬけの殻《から》だった。

無駄《むだ》とわかっていながらシャッターを叩《たた》いた。

『トキオ……』

すぐにカスミ公園に向かった。

涙《なみだ》なんか出ないように三角乗りに力が入る。やっぱり公園には誰《だれ》一人見当たらなかった。仕方なく滑《すべ》り台《だい》の特等席に座《すわ》った。

手すりに妙《みょう》にデコボコしたビニル袋《ぶくろ》が結び付けてあった。ユメノ電器の袋には、山ほどのトイレット・ペーパーの芯《しん》が詰《つ》まっていた。

こんな風の日はトキオも僕《ぼく》も百アンペアぐらいに心が躍《おど》った。

さっきのカモメは、トキオから僕への「サヨナラ」の合図に違《ちが》いない。

ビニル袋を調べたら、ユメノ電器の名前が入った景品の黄色いトイレット・ペーパーがひとつ入っていた。なんと底の方に、あんなにトキオが大切にしていた赤い透明《とうめい》な柄《え》のドライバーも入ってた。

トキオが、

「お前もやれよ、ダダンダン」

と言って笑ってるようだった。

僕は赤いドライバーをトイレット・ペーパーの芯《しん》に差して、風上に向かって右手を掲《かか》げた。ペーパーの端《はし》が宙へほぐれていく。一メートルほど出て宙にはためいた。親指でペーパーの回転を止めると風の勢いでちぎれた。

黄色いカモメになってラムネ工場の上まで飛んでいく。

「イイぞ、飛べ――」

またロールから引き出された黄色いカモメがちぎれ飛んだ。僕の掌《てのひら》からは次々と黄色いカモメが飛び出していく。高く、高く、そしてどこまでも遠くに。

きっとトキオもどこかの町へ向かっているトラックから、見ているはずだ。

でも、トキオの手品がこれで終わりだとは思えなかった。必ずあのレンズ越《ご》しのデッカイ目をして、いつか何食わぬ顔で僕の前に現れるはずだ。新しいビックリを用意して。

その時は僕にも初めて見せるビックリがある。

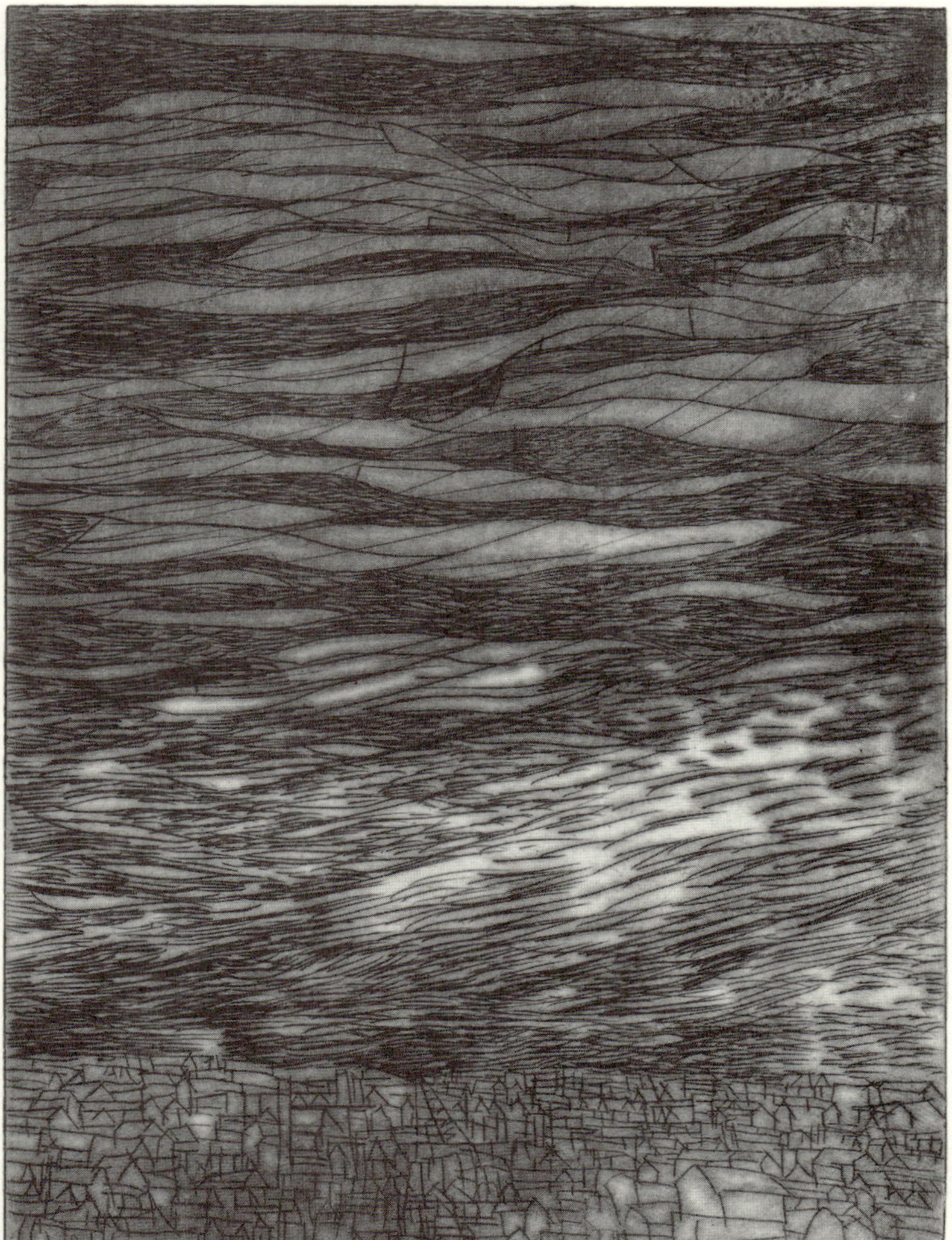

大きくなった「アンペア」と、その誕生の瞬間《しゅんかん》の話に、トキオはたまげるに決まってる。

『空気中には目に見えない無数のお知らせが詰《つ》まっているんだ――』

いつかトキオが言った言葉を思い出していた。

僕《ぼく》の願いは風に乗って、きっとトキオに届く。

僕はサヨナラでぱんぱんに膨《ふく》らんだビニル袋《ぶくろ》を自転車のハンドルにぶら下げ、赤い柄《え》のドライバーをサムライのように腰《こし》のベルトに差した。

右足で地面を強く蹴《け》る。

左足がペダルを思い切り踏《ふ》んだ。

一瞬《いっしゅん》、小さな風が起こって、僕の身体《からだ》は向かい風に突入《とつにゅう》していく。

宇宙からの見えない風に、山のテッペンの大きなプロペラが回転し、風牛《かぜうし》の風車が回る。

雲がちぎれて、牧草がたなびく。

黄色い鳥が宙を舞《ま》う。

母さんの声が聴《き》こえたような気がした。
アンペア・メーターの針が震《ふる》えた。

篠原 勝之●しのはら かつゆき
1942年、札幌市生まれ。鉄の街、室蘭で少年時代を過ごす。グラフィックデザイナー、画家、絵本作家、状況劇場のポスター、舞台美術を手がけた後、1981年、エッセイ『人生はデーヤモンド』（情報センター出版局）で注目を集める。1986年より、“鉄のゲージツ家”としてダイナミックな造形をモンゴル、サハラ砂漠をはじめ、国内外で精力的に創り続けている。著書に『ケンカ道ーその“究極の秘技”を探る』（祥伝社）、『蔓草のコクピット』（文藝春秋）など多数。2009年、『走れUMI』（講談社）で第58回小学館児童出版文化賞を受賞。

A アンペア
2011年11月1日　初版第1刷発行

著者／篠原勝之
発行人／山川史郎
発行所／株式会社小学館
〒101-8001 東京都千代田区一ツ橋2-3-1
電話 03-3230-5452［編集］ 03-5281-3555［販売］
印刷所／図書印刷株式会社
製本所／株式会社若林製本工場
本文組版／株式会社昭和ブライト

ISBN978-4-09-289734-2　NDC913

校閲●小学館クリエイティブ
制作企画●池田 靖　資材●斉藤陽子　制作●遠山礼子
販売●窪 康男　宣伝●内藤尚美
編集●廣野 篤